JN084136

菊地秀行
Hideyuki Kikuchi

妖花の章・復刻版

創土社

目次

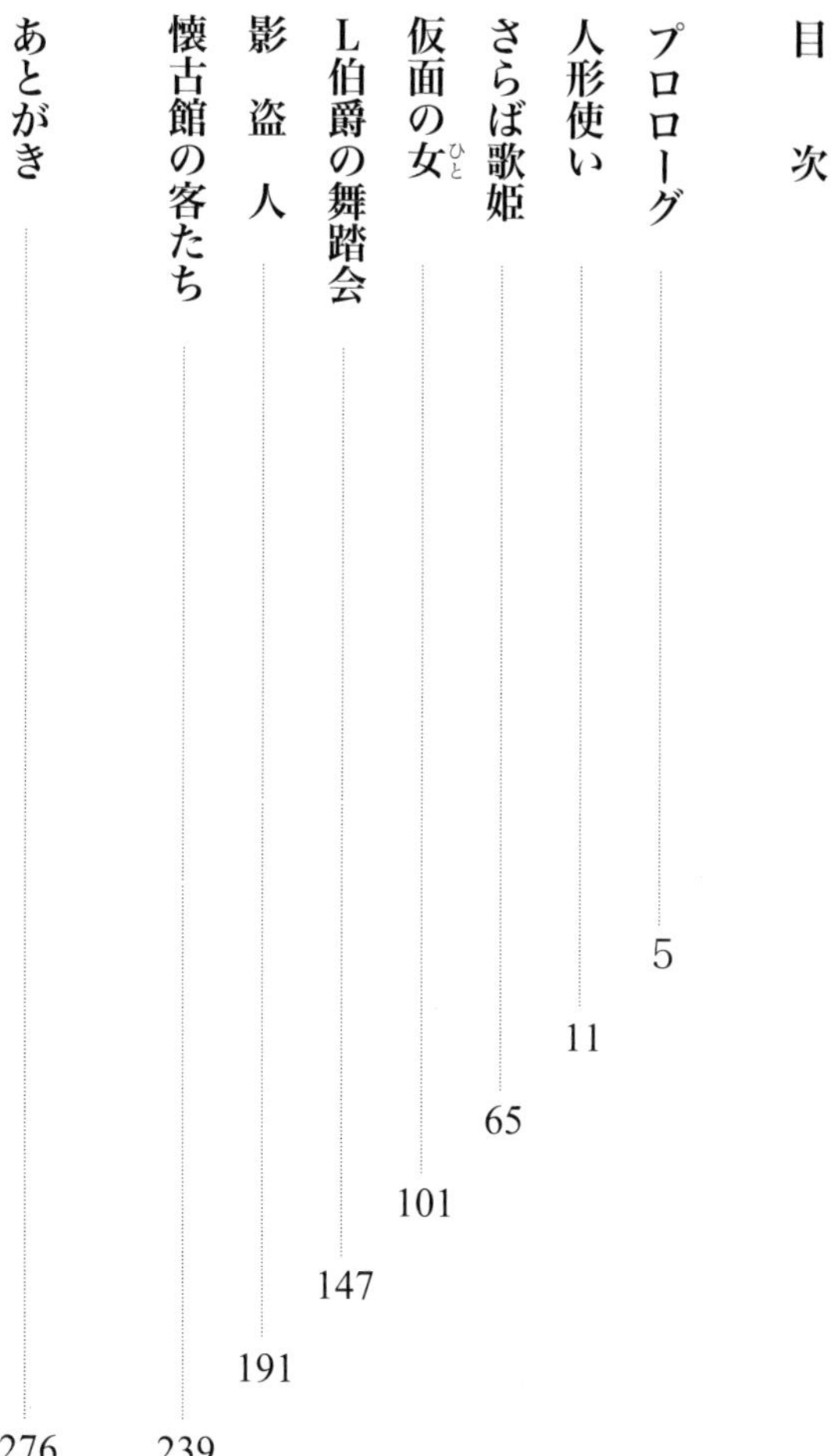

プロローグ

時が近づいていた。

一九九X年九月十三日。新宿。

駅ビルの正面入り口に設けられた派出所で、書類を書き終えたばかりの若い警官がデスクから立ちあがり、大きくのびをした。強化ヘルメットと分厚いグラスファイバー製防弾チョッキをまとった全身に安堵感がみなぎっている。

――やれやれ、今日も一日、生きのびたか。

警官の眼が、机上のデジタル電子時計にそそがれた。午前二時五九分ちょうど。

闇に包まれた駅前商店街はとうに店を閉め、往来の人影や電気タクシーの数もまばらになっている。この時刻でも賑やかなのは歌舞伎（かぶき）町方面だけだ。

といって、油断は禁物である。警察関係の場所はつねに狙われている。過激派の学生ゲリラや単に刺激が欲しいだけの不良少年どもが、闇流れのレーザー・ガンや手製の衝撃爆弾（インパクトボム）片手に、いつ殴り込みをかけてくるか知れたものではない。

警官は、書類に記入した数字を脳裏に浮かべた。

――恐喝（かつあげ）三四件、傷害二九件、強盗（たたき）二三件、窃盗八〇件、それに、殺人一七件……やれやれ、ここ三、四年で、なんとも物騒な世の中になっちまったもんだな。まあ、この街にしちゃ、平和な一日だったが……

外気が吸いたくなって外へ出た。ひんやりする夜気が、まもない秋の訪れを告げ、めずらしく澄み切った夜空に星がきらめいていた。

ふと、わけもなく、奇妙な考えが浮かんだ。

――今頃の時刻を、昔からなんといったっけ？

たしか……

派出所のデスクの上で、見る者もなく時計の数字に変化が生じた。

午前三時。

警官はだしぬけに、異様な浮遊感を感じた。眼の前に黒々とそびえる「スタジオ・アルタ」が、「住友銀行」が、ぐんぐん夜空へむかってのびていく。

ちがう！　おれが地面に呑みこまれているんだ！

そう気づいた刹那、先ほどの疑問も解消した。

そうか、「逢魔が時」だ。

この世で最も呪われた時間。人間と魔性のものが邂逅する時間。

……轟音は揺れの後からやってきた。

地上八階、地下二階建ての駅ビル〝マイ・シティ〟が大きくかしぐ。猛烈な縦揺れの衝撃を吸収できなくなった支柱と鉄骨がへし折れ、鳴り響く警報を、つづけざまに起こったパイプが千切れる音がかき消した。磐石を誇るコンクリートの床は、色とりどりの商品を収めたショーケースもろとも、下へ下へとなだれ落ちていった。

なんの前触れもない、未曽有の大地震であった。

まだ新宿通りをうろついていた若者たちは、危険を察知する暇もなかった。足もとが揺れたと思ったときには、トランポリン競技の選手みたいに数メートルも跳ね上げられ、わけもわからぬ間に大地へ叩きつけられていた。通りは苦鳴で満ちた。

なおも荒馬のように跳ね狂う大地の上を転げまわりながら、頭上をあおいだ若者たちは「高野」が、「三越」が、「伊勢丹」が、プレイタウンの象徴が、天地のどよめきとともに崩れ落ちてゆくのを目撃した。耐震構造は無益だった。鋭利な縁をもった窓ガラスの破片が彼らの身体めがけて雨あられと降りそそぎ、数千トンに及ぶコンクリートの塊がとどめを刺した。

それでも、深夜の商店街だけに、駅周辺の人的破害はまだ少なかった。

不眠の街・歌舞伎町のディスコや深夜喫茶にはお客たちが詰めかけていたし、市谷の自衛隊駐屯地では、おびただしい数の隊員たちが、猛訓練のあとの快い眠りを貪っていた。高田馬場、早稲田の学生街、閑静な住宅地——落合、矢来町……

ほとんどの人々は、我が身にふりかかった運命に気づくまえに大地へ吸い込まれ、或いは超重量落下物の下敷きとなった。

地震は正確に三秒で終わった。

前震も余震もない、文字通りのひと揺れで新宿区は崩壊したのである。

しかし、完全に息絶えるには、それから長い時間が必要だった。

営業中の飲食店やスナックの厨房の火が、ちぎれた管から洩れる天然ガスに引火し、血とうめき声のからみ合う路上を、破壊されたガソリン・スタンドから噴出する油が流れた。行く手には、火花をほとばしらせる高圧線や、くすぶりはじめた家や店があった。

毒々しい火の華が次々と咲きみだれた。

炎と、二酸化炭素をたっぷり含んだ黒煙が、かろうじて生き残った人々を押しつつみ、絶叫はいつまでもつづいた。

マグニチュード八・五以上。都市部直下型地震。震源地・新宿駅地下五千メートル——気象庁地震課のファイルには、こう記されている。——「推定」

のスタンプを押されて。

東京最大の区「新宿」を、わずか三秒で壊滅させながら、この大地震は隣接する渋谷、港、千代田等の各区にはなんら損害を与えず、皇居に設置された気象庁地震計の針は、その夜、ぴくりとも動かなかったのである。

そして、この異様な事実は、後年「魔震（デビル・クエイク）」と呼ばれ、全世界の地震学者たちの頭を悩ませることになる「新宿大地震」の、数知れない怪奇な現象のひとつにすぎないのだった。

人形使い

1

　十一月には珍しい小春日和の午後に、その男ほど似つかわしくない存在も稀だった。

　黒いスエードのソフト帽を眼深かにかぶり、大きく襟を立てたコート姿は、大久保通りを行く平凡な通行人と見えたが、青白い肌の色と血走った両眼がそれを裏切っていた。

　いや、この都市の住人とするならば必ずしも珍しいことではない。それにしても血の気が薄い分、眼の赤が異様に目立つのだ。執念というより妄執に憑かれたような光を湛える双眸であった。

　これだけでも、すれ違う買物帰りの主婦や学生たちは気味悪そうに道を開け、だいぶ離れてから恐る恐る背後を振り返るのに、男の鼻も口元も、すっぽりと大きなマスクで覆われていた。その辺の薬局で買える白い感冒マスクだが、染みひとつないそれも、この男がかけると繊維を通して歌舞伎町あたりの得体もしれぬ病菌が空気を汚すようで、通行人の中には、露骨に鼻と口元を押さえる者までいた。

　身を切る風の厳しさがなければ、うたた寝のひとつもしたくなる暖冬の日差しさえ、この男に当たると瘴気となって立ち昇るような気がする。

　そんな自分の立場を知ってか知らずか、男は引きずるような足取りで大久保通りを曲がると、やや細い裏通りへ入った。中ほどで荒々しい折れ口をみせている電柱に、「北新宿一丁目」のプレートがすがりついている。

　すぐに足が停まった。

右手はるかに新宿新都心の高層ビル群が霞み、前方一五メートルほどのところに目的地が見えた。「頂医院」の看板が門柱の上に突き出ている。手前は今にも崩れ落ちそうな木造の商店だ。ひび割れにテープを貼った古くさいガラス戸の前で、長髪の青年が七、八歳の女の子と向かい合っていた。

細身の長身を中腰に曲げ、両手を女の子の顔の前で広げている。白い指の間で女の子の指がせわしなく動いているところをみると、どうやら綾取りに励んでいるらしいが、それにしては、糸一本見えないのが不思議だった。

男が停止したのは、目的地より、青年の顔を眼にしたせいかもしれない。

小春日和が顔に取り憑いたような、人の好い、間延びした表情のくせに、この若者は、じつに恐るべき美貌の持ち主であった。

吸い込まれそうな深みを湛えた黒瞳、天工の絶妙の一彫が生んだ鼻梁と唇。真顔で見つめられ、熱い疼きを感じぬ女は、確かに年端もいかぬ幼女だけだろう。いや、ちっぽけな商店の若主人といった人間臭い雰囲気がなければ、そんな子供でさえ、遠くに立って熱っぽい視線を注ぐだけかもしれない。

ブルーのタートル・ネック・セーターとストレート・ブルージンも様になっているが、彼をひと目見たものは、上流社会の豪華なパーティに正装で出席させてみたいと願うだろう。タキシードと蝶タイの上でほほえむ美貌は、何名の美女を虜にするだろう。――そう賭けてみたくなるような危険な美しさであった。

不気味な通行人が、ずるりずるりとコートのべルトを引きずりながら近づいて行ったときも、二人は奇妙な遊びに熱中していたが、黒い影がその間に落ちるに及び、ようやく顔を上げた。

まん丸い眼を剝(む)いて少女が凍りつく。青年の口がぽかりと開いた。

「ここは……かね？」

男の手が青年の背後を指さした。顔よりも土気色の、骨みたいに細い指であった。声も聴き取りづらい。

青年は首を振った。ミイラの指をつまんでそっと方向を変え、

「いえ。ここは私の店でして。――病院は隣りです」

「ちがう……」

と、男は喘(あえ)ぐように言って、もう一度、古ぼけた店を指さした。


木枠で縁取りしたガラス・ケースを、見馴れた品物が埋めている。黒焦げの痕(あと)が食欲をそそる分厚い堅焼き、ガラスの破片みたいな砂糖粒を滅多(めった)矢鱈(やたら)にこびりつけたざらめ、海苔(のり)の黒が目立つ磯辺巻き、エトセトラ、エトセトラ。

「……ここは、秋せんべい店……秋DSMセンターのオフィスだろうが……」

「ええ、まあ」と青年は頭をかいた。「私が、所長の秋せつらですが――その、依頼人(クライアント)の方で？」

「そうだ……偶留理(ぐるり)という。すぐ話がしたい。あまり時間がないものでな」

「そう――」

と、だけ言って、せつらは口をつぐんだ。でしょうね、とつけ加える気だったらしい。よいこらしょ、と面倒臭そうに立ち上がり、まだ突っ立ったきりの少女の頭へ手を置いた。

　このとき、手と手の間に一瞬、蜘蛛(くも)の糸よりもっと細い線状の光が走ったが、奇怪な依頼人は気にもしなかった。

　途端に少女は眼をぱちくりさせ、男の脇をすり抜けて走り去った。

「近所の魚屋の子でね。暇なときは恰好(かっこう)の遊び相手なんです」

　笑ってみせたが、相手の血走った眼がじっと自分を見つめているのに気づき、肩をすくめた。それから先に立ってガラス戸の方へ歩き出した。

　秋DSM――人捜し(ディスカバー・マン)センターのオフィスは、奥の六畳間だった。

「粗茶ですが」

　常滑(とこなめ)の急須(きゅうす)からほとばしる薄緑の帯と湯気(ゆげ)にも、男――偶留理氏は眼もくれず部屋じゅうを見回していたが、湯呑みを手に取ると「変わったところだな」と念仏(ねんぶつ)を唱えるような口調で言った。

　確かに、DSMセンターという名称どころか、オフィスと呼ぶにもふさわしくない場所ではある。

　煙草の焼け焦げが散らばる茶色の畳はささくれ立ち、壁際を埋めるのは茶箪笥(ちゃだんす)と古くさい木製のワードローブ――洋服箪笥だけだ。ストーブも旧型の都市ガス式にプロパン用アダプターをつけた代物(しろもの)だし、二人の間をへだてているのは掘炬燵(ほりごたつ)ときている。

「おひとつどうぞ」

　せつらの差し出したせんべいと羊羹(ようかん)の菓子鉢を無視して、偶留理氏は背を向けた。マスクをずらしている。誰にも見られぬように熱い茶をすすっている。ずるずるという音が長いこと止(や)まなかった。

「探偵や探し屋はいくらもある。この街ならな……」

ようやく口から湯呑みを離し、偶留理氏は言った。

「……だが、ナンバー・ワンは、君だと聞いた……信じられんがな……」

「本職はせんべい屋なんです」

せつらは照れ臭そうに頭をかいた。

「新宿じゃいちばん古い――今年で一五三年目になります。――あ、この堅焼きうまいですよ。一枚どうぞ。――でも、あの地震以後、商売上がったりで、それで、まあ、ぼくの代から副業に人探しをはじめたわけでして。ははは」

「君の家の事情はどうでもいい」

思いがけぬ強気な口調で依頼人は吐き捨てた。

せつらの顔に微笑が浮かぶ。こういうタイプに、ぼそぼそぼそと囁かれるより、なんぼかうれしいのだ。

偶留理氏はポケットを探り、一枚の写真を取り出して、台の上に置いた。

「三日以内にこの女をわしの家まで連れて来てほしい。料金は規定の倍払う。名前は早苗。私の妻だ」

「はあ。――美人ですねえ」

写真を手に取り、せつらは即座に言った。営業用の口調ではなかった。

写真の中で嫣然と微笑む女は、それほど美しかったのである。しかも、ふっくらとした毬みたいな頬といい、半袖のブラウスからこぼれる二の腕といい、身体つきそのものが、食べてしまいたいほど肉感的だ。年齢は二十前後だろうが、平べったい写真の奥で、生々しい腕にとろけた脂肪と年不相応な色香が混じり合い、濃厚に立ち昇ってくるような気さえする。だが、それでも、美しさでは若き捜し屋に遠く及ばない。

「失礼ですが――逃げられた原因は？」

声もひそめて言ったことだし、これは当然の質問として、責められる筋ではあるまい。しかし、案の定、偶留理氏は唸るように、

「逃げたのではない。出て行ったのだ。……余計な詮索はしないと聞いたぞ。君は妻を探し、私は料金を払う。……それだけだ」

「もちろんですとも」せつらはあわてたように手を振った。

「ですが、ひとつだけ答えていただきます。これも規定でして。……三日以内に連れ戻せない場合、偶留理さんはどういう事態を迎えられますか？」

「……妻は私を殺すだろう」

あっさりとんでもない言葉を半病人は放った。

せつらはきょとんと天井を見上げ、

「羊羹もおいしいですよ。――あの、三日たって奥さんが殺しに戻ってらっしゃるならですね、そのとき捕まえられたらいかがですか？　それとも、殺し屋を雇うとか？　うむ、この街なら、人殺せるなら金もいらんて奴がうようよしてますが」

「君の知りたいことは話した、残念ながら……街での潜伏先に心当たりはない……妻は、区外の人間だったのでな。――後はよろしく頼む」

前金の入った封筒を台上に置き、立ち上がりかけて、男の視線が菓子鉢に落ちた。両眼が何とも不気味な光を湛えて爛々と輝きだす。干からびた手が震えながら堅焼きと羊羹をつかんだ。二つを重ね、両掌で強くはさむ。羊羹はつぶれて黒いペーストみたいにせんべいにくっついていた。

ぐちゃ、ばりんと噛み破った偶留理氏の表情に、

祈りのような翳が貼りついていた。

もうひと噛みして、彼は掌にそれを吐き出した。何も受けつけない胃腸病患者を思わせた。

「まずい」

ひと言残し、瀕死の依頼人は襖の方へ歩き出した。

せつらも後を追い、裏口で
「以後、ごひいきに」

と頭を下げた。一応は客である。足を引きずる不景気な影が大通りの方へ曲がるまで見送り、せつらは隠し持ってきた堅焼きを噛み砕いた。

茫洋とした顔で、

「これがまずい？　――やっぱり、〈区外〉向きの味じゃないのかなあ」

と、つぶやいた。

大久保通りから歌舞伎町までバイクを飛ばし、二分で到着した。なかなかいいタイムだ。

近頃は車を持つ手合いが増え、道路の混雑も相当なのである。車種も増加して、最新型のガス・タービン車もちらほら見える。圧倒的多数を誇る電気自動車やひと昔前のガソリン車の恨みを買うのか、車体のあちこちに陥没痕が目立つ。この街らしい愛嬌だ。

旧ホテル街の入口にある煙草屋で、せつらはバイクを降りた。

ヘルメットもレザーのつなぎも身につけていない。先ほどのスタイルに茶のコーデュロイ・ジャケットを羽織っただけの、手抜きファッションだった。一メートル八〇センチの全身はスリムで、ことに下半身は一メートル以上ありそうなプロポーションのよさだが、着痩せする感じはない。内に秘めた筋肉の躍動とパワーを連想させるしなやかな体躯（たいく）であった。何を着ても似合う。プラスこの美貌――鬼に金棒だ。

その顔がふと、南に広がるビル街の方を向いた。

ひょうひょうと異妖の風が吹きつけてくる。空気そのものに汚怪（おかい）な鬼気が充満し、成分を変えているという。新宿の何カ所かにこのような地点があり、そこでは動植物の奇怪な変貌（へんぼう）さえ噂されているが、住人たちの口は重く、同じ新宿区内でも実情は不明だ。区役所にも学術調査隊を派遣する余裕はないし、区外からの介入など論外である。

小さなガラス窓を叩くと、こくりこくりと舟を漕（こ）いでいた白髪（しらが）頭の老婆がこちらを向き、皺（しわ）だらけの顔で笑った。マイルドセブンをひとつ注文し、せつらは偶留理夫人の写真を窓ガラスに押しつけた。

老婆のとろんとした眼がちょっと見開かれ、すぐに閉じる。三秒ほどたって唇が動いた。

「ここひと月、歌舞伎町じゃ見当たらないね」

せつらは困った表悟をつくった。

「歌舞伎町一の情報屋が駄目なら、お手上げだな。だけど、こんな色っぽい女、歌舞伎町の魔気が放っちゃおくまい。やー公どもだって、引く手あまたのはずだ。あんたのとこに知られず、潜り込んだって考えられないか？」

老婆は洒落（しゃれ）た仕草で肩をすくめた。

「邪魔したね」

差し出されたマイルドセブンを三枚の一万円札と引き換え、せつらはバイクへ戻った。

超人的な記憶力と情報網の広さでは新宿一と言われる老婆だった。せつらが子供の頃から、小窓の向こうで舟を漕いでいるが、いったい、何歳になるのだろう。彼女もまた、新宿住人のひとりであった。

トン、と硬い音が彼の背を追った。

振り向くと、老婆が窓から片手をはなすところだった。かすかな声が、

「昨夜(ゆうべ)、妙な殺しがあったよ。二丁目――大久保病院近くの貸しビルの三階さ。矢島ってごろつきが被害者だけど。死に方が妙でね。窒息死さ。口ん中に肉がいっぱい詰まってたと」ここで老婆の声は一層、細くなった。「ところが、あんた、その肉の様子がおかしい。詰められたんじゃなく、どうやら嚙みちぎったらしいんだ。それで息の根を止められた本人がさ……」

まだ、機動警察(コマンド・ポリス)は動かず、矢島の仲間たちが血眼(ちまなこ)になって犯人を捜していると聞いて、せつらは踵(きびす)を返した。

老婆がそれを呼び止め、料金を要求した。


歌舞伎町の奥へ進むにつれて、空気の糜爛(びらん)度は急速に増していった。

わずか三〇〇メートル四方の歓楽街が、一八平方キロを誇る新宿最大の危険地帯であることは周知の事実だ。十年前のあの悲劇の晩にも、ここだけは軽度の崩壊で済んだ。

水の澱(よど)みには塵芥(じんかい)がわだかまるものだとすれば、妖気の発現点に、物騒な連中が集合するのも当たり前かもしれない。

颯爽(さっそう)と風を切るせつらの脇を通りすぎる連中の大半は、尋常な人間ではなかった。あの依頼人と等しい、何かに憑かれた眼の光はもちろん、顔じゅう剛毛で覆われた奴、ひと目で殺し屋か用心棒と知れる、脇の下に銃器の膨らみを露出させた黒コート姿、その辺の不法医者(もぐり)で生体強化手術を受けたらしい、パンツ一丁の筋肉マン、おかしな

薬を服んだものか、秒瞬の間に素顔と獣みたいな表情が交代する革ジャンの若者。――みんなおかしい。どこか異常だ。

そんな彼らさえ、不用心に人気のない横丁か廃ビルのひとつに潜り込んだりすれば、生きて出られる可能性は万にひとつもない。魔人たちを狙う魔もいるのだ。

それでも、昼間はやはり夜より安全だった。

日本刀片手の異常者や小づかい銭欲しさのチンピラ・ギャングに襲われることもなく、せつらは老婆に示された目的地――安っぽい模造石材づくりの貸しビル「阿辺不動産ビル」の近くにバイクを停車させた。

コマ劇場やミラノ座などの映画街から少しはずれているため、同じようなビルや飲食店が立ち並ぶ狭い道路に人の姿は少ない。

ためらうふうもなく、せつらは入り口をくぐった。眼の前の石段を昇り、三階へ上がる。エレベーターなどの贅沢品は、ほとんどのビルにない。復興後十年といっても、ここは特別の街なのだ。

廊下に出た途端、敵と遭遇した。

ひとつのドアの前に派手な模様の背広姿が三つ、壁に寄りかかって煙草をふかしていた。構わず近づく。一メートル手前で、ポマード頭のサングラスが気づき、ぎょっとした表情をつくった。

せつらは足音を立てなかったのである。

くわえていた煙草を投げ捨て、

「何だ、てめえは？」

と、ドスの効いた声で言う。必要以上に甲高いのは、びっくりした照れ隠しを兼ねているからだ。そのくせ、せつらを睨めつける細い凶顔には、始末しようのない陶酔の声がある。

余計な連中を殺しの現場に踏み込ませぬよう命じられたチンピラどもだろう。あるいは殺人者かその仲間が、現場に戻って来るかもしれないと網を張っているのだ。

素早くせつらの背後と横手に回ったふたりが、ポマード頭より若くて角刈りなのを見ると、こいつが兄貴分に違いない。

「どこ行こうってんだよ、兄ちゃん？」

「えーと、隣りの部屋へ」

とりあえず、せつらはとぼけた。

男の表情がさあっと昏くなる。やくざの地金が剝き出しの声で、

「ざけんなよ。この階で使ってる部屋はここひとつだ。――おめえ、何か知ってやがるな？」

「わかったか」

と、せつらは貫禄たっぷりの声で代わる代わる三人を睨めつけた。

「警察のものだ。殺人があったと連絡を受けて急行した。ドアを開けろ」

「よさねえか、この野郎」

と、碁盤みたいな身体つきの角刈りが歯を剝き出した。「どこの世界に、ひとりきりで乗り込む刑事がいる？　ここは新宿だぜ」

「とにかく入りな。ゆっくり話し合いといこうじゃねえか」

ポマード頭の命令で、ふたりの角刈りに背を押され、せつらは部屋に入った。

「へえ――素早いもんだ」

と、あっけに取られたふうに目を丸くする。

一〇畳ほどの部屋はもぬけの殻であった。

カーテンもシェードもない窓から差し込む午後三時の光が、模造石材の床と壁を寒々と照らし出

している。どちらにも落ちる影はなかった。動かせるものはすべて運び出し——死体もだ——きれいに掃除して、何もございません。犯罪の痕跡がない以上、事件そのものが成立しない。逆をいえば、警察に嗅ぎつけられてはならないような重大事件だったのだ。

「さ、兄ちゃん、とっくり喋っちまいなよ。痛え目に遭う前によ」

と、痩せっぽちの角刈りが言った。眼つきが病的に鋭い。体重は五〇キロがいいところだ。体力なしの病気持ちやくざ——ナイフ好みの異常者はこんな手合いである。碁盤男は背後、ポマード頭は兄貴分の余裕を吹かせて奥の壁にもたれている。脇の下や腰のあたりに膨らみはない。大型火器は所持していないようだ。

「その前にひとつ」

と、せつらはちっとも事態を認識してない呑気面で言った。

「あんた方の中に、今回の事件について知ってる人、いますか？　立ち入った内容じゃなくとも、えーと、死体を発見したとか。おかしな奴を見かけたとか」

人を食った質問に、男たちは顔を見合わせた。

「その分じゃ、いないね。——それでは」

ドアの方へ歩き出した長身の前に、巨体が立ち塞がった。身長は頭ひとつ低いが、幅は倍近い。鈍重そうな顔にも怒りは露わだった。

「この餓鬼ゃあ」

拳が唸った。これも碁盤そっくりだ。ボクサー崩れらしい鮮やかな右フックだった。ヘッド・ギア付きの顎にもひびが入りそうな一撃は、しかし、せつらを捉えることはできなかった。

何とも奇妙なことに、ひきつるような叫びを上げて碁盤人間は右手首を押さえ、のけぞった。眼に見えぬ糸に引かれる操り人形（マリオネット）のような不自然な姿勢で、大きく弧を描き、手首から痩せっぽちに激突する。

せつらは両手を軽く握ったまま、微動だにしない。

2

もうひとつ、奇妙な事態が発生した。

痩せっぽちもろとも床にぶっ倒れるはずの巨体が、もの凄い勢いで、せつらめがけて飛んだ。

優雅な身ごなしで横へ退（の）いた長身をかすめ、人間碁盤は反対側の壁まで飛行し、鈍い音とともに床へ墜ちた。白眼を剝き出し、動かない。

痩せっぽちがゆっくりと歩き出した。

押し寄せる一〇〇キロプラス加速度を受け止め、あまつさえ、悶絶（もんぜつ）するほどの勢いで投げ返した力生体強化人間（バイオテク・マン）だ。

一九九×年の新宿犯罪組織において、サイボーグ手術は極めて高価なものとして敬遠され、低価格な麻薬と精神療法の併用により、短期間だが殺人サイボーグに匹敵する能力が貸与（たいよ）可能な生体強化法は、わが世の春を謳（うた）っていた。チンピラやくざの小づかい銭で、数分から数時間とはいえ、文字どおりの超人が誕生するのである。

今年の警視庁統計によると、無認可の生体強化医師は、新宿だけで三〇〇人にのぼるという。

痩せが空中に浮いた。予備動作は一切ない。分子構造を変化させられた筋肉と骨格の成果だった。

彼と相対した格闘技の使い手は、十数年の修業が一個のカプセルに及ばなかったことを知るだろう。

きょとんと突っ立つせつらの頭上を軽々と越え、痩せっぽちは二メートルも向こうの壁に蹴りをかけた。右足首まで抵抗なしにめり込む。引き抜いて着地する肩に、細かな砕片が降りかかった。獲物を脅かす残忍な威嚇だ。楽には死なせないというわけだろう。

「おかしな技を使うようだがな、若えの」と兄貴分が壁際で煙草に火を点けながら言った。「そいつにゃ勝てっこねえ。素直になったらどうだい？　手足を引っこ抜いても、口だけありゃ話は聞けるんだぜ」

このとき、男たちは、せつらの顔に微笑が浮かぶのを見た。

彼は静かに言った。

「それは、じき、ぼくが言うことになる」

もう一度、痩せが跳躍した。

容赦ない蹴りが、せつらの側頭部へ。

「殺すな！」

ポマード頭の叫びは遅かったが、目的は果たされた。声の張りめぐらせた透明な紗膜に包み込まれたかのように、痩せの身体はせつらの寸前で床に落下していたのだ。

兄貴分の制止が効いたのではない。両手で喉のあたりを押さえたそれは、唐突に見えない腕で首を巻き取られたかのごとく奇怪な墜ち方であった。くううっと鳩が鳴くような声を絞り出して、人工超人は悶絶した。

せつらは動かない。人間碁盤の直撃を避けたときの位置、姿勢から寸毫の変化も見せぬその長軀は、残ったポマード頭の背筋に、異次元的な恐怖を走らせた。

　泣き声に似た怒号で自分を奮い立たせながら、上着の内側へ右手を滑り込ませる。ポマード頭は古いタイプのやくざだった。荒仕事は二人の弟分にまかせ、拳銃も持たないのを自慢にしていた。唯一の武器は、これまた古風な晒しの内側にのんだ九寸五分の匕首（あいくち）であった。

　手は届かなかった。

　肉ばかりか骨にも食い込む痛みと痺（しび）れが、ポマード頭を硬直させた。

　必死でせつらの方に目を飛ばす。二人をつなぐものは何も見えなかった。

　やくざも新宿の住人だ。大枚をはたいて特殊能力を身につけた危険な連中は山ほど眼にしている。電気ウナギ顔負けの発電機能を備えた男の電撃攻撃に、四、五日動けなかったこともある。ひと睨みで相手の動きを封じる瞬間催眠術師も組にはいる。

　しかし、眼の前の美青年とその攻撃は、それらとはまったく別種の存在であった。痛みの凄まじさに、男は声も出せなかった。

「手足を引き抜いても、話は聞けると言ったよね？」

　せつらは困ったように言った。自分のしたことを哀しんでいるような口調だった。

「できればそんなことはしたくない。少し緩めるから喋ってくれよ」

　不意に男は喉だけが自由になったのを知った。それだけだ。全身の激痛はちっとも変わらず、痛みのためにごおごおと鳴る耳に、せつらの声だけが響いた。

「あんた方が毛良根（けらね）組のもんだってことはわかっ

てる。ぼくの知りたいのは矢島って男の素姓（すじょう）と仕事、それとあんた方との関係だ。知らなきゃ知ってる奴の名と居場所を教えてもらおう」

「あ……甘く……みるんじゃねえ」

ポマード頭は必死に声を振り絞った。

視界はぼんやり霞んでいるのに、近づいて来るせつらの顔だけが、いやにはっきり見えるのを、不思議と思う余裕はなかった。

「……こう見えても……拷問耐久処置は受けてるんだ――げえっ!!」

男の悲鳴は倍増しの苦痛が全身を駆け巡ったせいであった。

しかし、腕一本動かさず、いったい、せつらはどんな手段を講じているのか？

「耐久処置の効き目はあるかね？」

ポマード頭の瞼（まぶた）が開いた。せつらの声に含まれた何かが開かせたのである。冷汗と涙が突き刺さる眼（まなこ）に、美しい顔だけが浮かんでいた。

「さ、答えてもらおうか」

「……う、うる……せえ……」

男はせつらの顔を真っ直（す）ぐに見つめて呻（うめ）いた。

痛みとは別種の悲鳴がその口から迸（ほとばし）ったのは、きっかり二秒後だった。

「さ、答える気になったかな？」

せつらは異様にやさしい声で訊いた。

美貌の奥に何をみたのか、ポマード頭は、たちまちしゃべりだした。

「奴は……矢島は、もぐりの女あさり（W・コレクター）だったんだ。新宿へ流れて来る女の中から上玉（じょうだま）を見つけ出して、親切ごかしに一服盛り…肉体も精神も自分に服従するよう飼育してから、あちこちに売るのさ。……買い手はいくらもあらあな……」

「エロ・ショーの踊り子かね」

せつらはつぶやいた。間延びした調子はいつの間にか消え、低いとも高揚しているとも取れる奇態な声だった。

「確かに買い手はあるさ。だけど、あなた方が、これほどきれいに掃除をしてやる理由がわからない」

「よしやがれ……知りくさってるくせに……」

「そう」と、せつらはうなずいた。「でも、ぼくは君の口から聞きたい。自分がどんなことをしているか、はっきり言わせてみたいんだな。嫌なら——ほれ」

何をされたのか、男は声もなく身をよじりもがいた。

「やめろ……しゃべる……奴はおれたちと契約して……」


摩似屋権造(まにやごんぞう)は上機嫌で高田馬場駅近くにある安ホテルの門をくぐった。

まだ陽(ひ)は高い。午後三時。何をするのも疲れる時間だ。仕事も遊びも。

権造は別だった。彼はこのけだるい時にもっとも激しい行為をすることを好んだ。もちろん、ひとりではない。駅前で飲み屋を経営する四十すぎの女将(おかみ)が一緒だった。三週間通いつめてようやく口説き落とした熟女である。

その肌のなまめかしさとベッドのテクニックを、常連客たちは涎(よだれ)を垂らしながら話題にした。権造も寝たいと思った。男たちの話は必要以上に生々しかった。仕事中の女将を裏口に呼び、客たちの声を聞きながら和服の裾(すそ)をまくり上げて関係した、とある男が言った。自分のものを咥え込んだまま揺すりつづける尻のボリュームを、別の男が話した。男根と肛門を舐めまくられ、情交なしで一晩に三度もいった男がいた。

思い出すだけで、権造は勃起してきた。ホテルの門をくぐったところで襲いかかりたい気分だったが、かろうじてそれは抑えた。挑むのは興奮する場所に限るが、部屋から離れたところではまずい。セックスの他に、権造はもうひとつの目的を抱いていた。

高田馬場は区内でも被害の少ない地域だった。

ビッグ・ボックスや七、八階建てのビルには亀裂が走ったものの、地割れは免れた上、火災もないに等しかった。死者数九五七名は、区内最低の誇るべき記録だった。

そのせいで、建物も被災時のものがほとんど。そのまま残った設備のよいラブ・ホテルでの愉しみを求めて、遠方から訪れる男女も多い。二人の選んだのも、そんなホテルのひとつだった。

「歌舞伎町、花園町、河田町の方、お断わり」

と赤書した貼り紙を横目にドアをくぐり、オート・フロントで鍵を受け取りエレベーターに乗った。

ドアが閉まると同時に女将の和服の裾を割った。

「やだ。こんなところで」

怒ったように言いながら、女将は脚を開いて権造の手を招いた。大枚の金を落としてくれた上客という以上に、権造にはそれなりの魅力があった。肩幅が広く体毛も濃い。危い仕事をしているというだけに、凄みのある顔つきで、それが女将の欲望を高めた。

唇を重ねたのは女将のほうからだった。二階へはすぐに着く。エレベーター内での性交は、考えただけで花芯がうずくほど魅力的だが、ここは前戯に留めておく手だった。

開いたドアから、ふたりはぴちゃぴちゃと舌を絡ませたまままろび出た。唇の周囲は唾液で光っている。

エレベーターの前は広めのホールで、自動販売機が無愛想に並んでいた。

「ここでして」

切なげに女将が喘いだ。

「人が来たらどうするんだい?」

揶揄するように言って、権造は脂肪の乗った喉に、こってりと舌を這わせた。

見られたい、と女将は応えながら、権造のベルトをはずした。ジッパーを下ろすのももどかしく、手を差し入れ、握り締めた。それだけで権造は呻いた。女将はしごきはじめた。

「熱いわ。手が火傷しそう」

「冷やしてくれや」

権造は女将の肩を押した。

女将はひざまずき、権造のものを含んだ。四十すぎだが三十代で充分通用する色っぽい顔が自分のものを頬ばってすぼまる。権造は本当の目的も忘れた。何度も根元まで吸い込み、女将は口を戻して、こってりと先端を舐めはじめた。わざと大きく口を開き、舌の動きを見せる。男の頭をべとべとに発酵させてしまうのを計算に入れた中年女のテクニックだった。

後ろはエレベーターだ。誰が上がってくるかわからない。廊下に並ぶ小部屋のどれかにも人はいるだろう。二人にはそれが刺激的だった。

「いじってみせな」

と、権造は命じた。

奉仕は休めず、女将は自分から胸をはだけて乳房を露出した。豊胸手術でも受けているのか、張りのある乳は、廊下の薄暗い光に妖しく揺らめいた。すでに隆起した乳首をひねくり回す。口を犯されている以上の興奮が、女の喘ぎと舌遣いに現われ、権造は思わずのけぞった。

そのとき、エレベーターのドアが開いた。二人が淫猥な行為に励んでいる間に、別の客を運んできたのだ。

女将にもそれとわかったのか、舌の動きがさらに粘っこくなった。

権造の顔からあらゆる表情が消えた。

突き上げられるように射精していた。

とめどなく迸る液を、女将は喉を鳴らして飲み干した。

「お、おめえ……」と権造は呻いた。

エレベーターから出て来たのは、とてつもなく妖艶な女だった。腰に巻いたベルトまで垂れる黒髪の蔭で、黒い宝石のような眼が権造を見つめていた。毒々しいルージュを塗りたくった唇が笑いの形に歪む。

この瞬間、権造の頭脳は、ただひとつの想念で占められた。眼の前の女を抱きたい。その肉に歯を立て、悲鳴を上げる女体を嬲り尽くしたい、と。

女は右掌でキイを弄びながら、二人の脇を過ぎた。相手はいない。後から来るとの考えは、権造に浮かばなかった。

ちらりと女が権造を振り返り、赤黒い舌で上唇を舐めた。これで決まった。

「ちょっと、あんた、——どこ行くのよ?」

女将の呼び声を無視して権造は女の後を追った。

「畜生。覚えといで。よくもコケにしてくれたわね！」

怒声を背に、権造は女の開けたドアをくぐった。待ちかねたように両肩を摑む権造の飢えた手を、女は軽く肩を振って跳ね飛ばした。

「なんでえ、冷てえじゃねえか。誘ったのはそっちだぜ」

構わず権造は女の腰を抱いて引き寄せた。強引に口を吸った。女は抵抗しなかった。放ったばかりの男根が屹立(きつりつ)しつつあるのを権造は感じた。これから過ごす時間への期待が欲情を昂進させてゆく。

性技には自信があった。もぐりの性感マッサージ屋で、たっぷり修練を積んできたのだ。上達が早いと賞(ほ)められもした。不感症のモデルをよがり狂わせたのを卒業証書に、簡単な超感覚手術を受けた指先は、女体を走る性感のツボを触れただけでキャッチしてのける。

真っ赤(か)な性欲の色で塗りたくられた欲望の霧に、もう一色、けばけばしい色彩が渦巻いていた。

女の舌を強く吸ってから、権造は首筋を舐めた。舌を動かすたびに女は痙攣(けいれん)した。恐ろしく感じやすい。権造は自分の歯が白い肉に食い込むのを感じた。

すい、と女が身を離した。

「せっかちな人ね。逃げやしないわよ。これ以上はない目に遭わせてあげる。あなたもお脱ぎなさい」

おお、とうなずき、権造は裸になった。

女も全裸をさらした。ぷん、と蜜のような香りが、鼻孔を刺し、権造はたまらず女に駆け寄った。こぼれんばかりの乳房と白い股間を押さえた手を力ずくでもぎ放そうとする。

シャワーも浴びず、ベッドへも倒れず、女は床の上で権造に組み敷かれた。

横になっても形の崩れぬ乳房を、権造は口いっぱいに頬ばった。いつもなら、女の全身を愛撫し、舐め回し、唾液だらけにしてから犯す。それが今日だけは、眼の前の白い果肉を口にしないではいられない、峻烈（しゅんれつ）な欲望に衝き動かされていた。

口腔内でわななく肉へ、彼は無造作に歯を立て、次の瞬間、慄然（りつぜん）たる表情で口をはなした。さすがに、人間としての理性が働いたのだ。うら若い娘を凌辱（りょうじょく）することは、獣じみた彼の理性のタブーではなかった。しかし、人間の肉を……。

白蠟（はくろう）のような白い膨らみに楕円を描く小さな歯型を、権造は茫然と見つめた。

「ふふ……いいのよ。食べたいんでしょ？」

床の上の女体が嘲笑（あざわら）った。

「お、おめえ……いくらなんでも……」

「いいのよ。おっぱいでも腿でもお尻でも、好きなだけお食べ。おいしいのよ、あたし。それに、痛くもないし、血も出ない。いくら食いちぎられても、すぐ元に戻るわ」

途方もなく異様な台辞（せりふ）にも、権造は驚きもしなければ、女の正気も疑わなかった。その言葉が嘘ではないと悟ったのと、かろうじて保っていた理性の箍（たが）が、女のなまめかしい誘いであっさりとはずれてしまったためである。

口の端から性欲とは異なる欲望の涎が流れはじめていた。

「ふふ……お尻から、どう？」

女が身を捩り、権造は床に転がった。もの凄い力をいぶかしく思う前に、眼の前に差し出されたものを見て、権造は最後の理性も吹き飛ばした。

真っ白く大きな女の尻であった。

真ん中の割れ目を白い指が下から押さえ、たまらなくエロチックで挑発的な眺めを造型していた。

耐え難く蠱惑的なカーブを描く右側の肉球に、かすかな窪みがあった。

権造はふらふらと躙り寄り、肉の塊りへ指を立てるや、その傷痕を舐めはじめた。女の指が覆った秘部や、その上の、皺だらけの小さな洞窟にも興味を示さない。異常事態であった。

「気に入って?」と女が、こちらも昂ぶりを隠せぬ声音で訊いた。

「そこ、矢島さんが舐めたのよ。素晴らしいお尻だと言いながら、お尻全体を涎でべとべとにしてから噛みちぎったの。でも、あの男、死んだわ。

——あたしのこと覚えてて? 摩似屋さん」

どの言葉が権造の白く爛れた脳に理性の刺激を与えたか、権造はようやく脂ぎった顔を柔らかい肉から離し、霞んだ瞳で妖艶な顔を見つめた。

「もう、忘れた? 五年も前のことだものね。矢島さんもそうだった。でも、あたしは忘れていない。あなた方に騙されて、地獄へ売られた娘たちも、きっと。あたしはね、真壁みほ、と言うの」

虚ろな瞳に突然、恐怖と狼狽の相が閃いて、権造は跳び離れようとした。動けなかった。秘部を隠していた白い手がいつのまにか伸び、彼の頭髪を摑んでもう一度、白い肉にその顔を押しつけたのである。

たったいま実証済みの怪力だった。全力を尽くしてもぎ放そうとしてもびくともせず、鼻孔も口も柔らかい肉の壁に塞がれ、権造の顔はみるみる紫色に変わっていった。必死に毛むくじゃらの指を肉球にめり込ませ、柔軟な果肉をねじる。

「痛みはないと言ったはずよ。引きちぎられてもね」

女――みほは嫣然と笑い、立ち上がった。力なく抵抗する権造を苦もなくその豊かな尻にくっつけたまま、彼が脱ぎ捨てたハーフ・コートのところまで歩く。身を屈め、コートのポケットから何やらつまみ上げた。白い粉を含んだカプセル。

新宿に生きるものなら誰でも使っている「ドラッグ・キング」――人間の思考を奪い、一匹の性獣に変える麻薬だった。

「まだ、つづけていたのね、やっぱり。――許さない。せめて、あなた方が大好きな、女の身体で死ぬがいい」

悲痛とも取れる凄絶な叫びと同時に、権造の身体は大きくねじ曲がり、すぐ全身を弛緩させてずるずると床に崩れた。

念のためか、もう数秒顔を離さず、みほはようやく、紫にむくれた無惨な死顔を床に放り出した。

権造の口元に眼をやり、あら、と苦笑して尻に手を当てる。

「また、やられたわ。でも、最後の最後に、あたしの肉を味わえて幸運だったとお思い。地獄へゆく気にもなれるでしょう」

それから、なんとも凄絶な表情で虚空を見上げ、

「あと、ひとり」

とつぶやいた。

数分後、真壁みほは夕暮れのホテル街の裏を明治通りのほうへ向かって歩いていた。両手をコートのポケットに突っ込んだ姿は、美貌なだけに寒々しい。ほかに人影もなく、美しい顔は疲れた

ような翳をこびりつかせていた。吹き過ぎる風が冷たい。

「待った」

低い声が背を打ち、みほは猛烈な勢いで振り返った。ホテルを出てから尾行には細心の注意を払っていたのだ。緊張が周囲の空気を凍りつかせた。

五メートルほど離れた場所に長身の影が立っていた。蒼茫と暮れなずむ小路の上で、その周りだけ白い光が取り巻いているようであった。

白いスーツに白いネクタイ、白い靴——浅黒いハンサムな顔を際立たせるにしても、いささかやりすぎの感は否めない。しかも、片手に握ったものを食っているらしく、くちゃくちゃという咀嚼音が女にも聞こえた。

ちんけな田舎お洒落に堕ちるのを救っているのは、男の雰囲気だった。

みほが顔をしかめた。凶々しい暴力的なものが風に乗って相貌を叩いたのだ。両眼に凄まじい光が点りはじめる。男の正体に気づいたのだ。

「やはり、お前か——と言いたいが、売り捌いた女は山ほどあってな。いちいち顔など覚えちゃいねえ。だがよ、摩似屋を殺した手口はなかなかのもんだぜ」

くぐもった声が終わると同時に、男は口腔内の異物を呑み込み、にやりと笑った。

「おめえの尻の肉さ。だけど、おめえ、いったい何者なんだ？　矢島を殺したのも同じ手口だが、あれを発見した三下どもは、今にも奪い合いをはじめかねまじき形相で、涎を流してたぜ。食いたくて仕様がなかったらしい。確かに病みつきになりそうな味だから、無理もねえが」

「いつから尾けていたの？」

みほは不意に訊いた。

「おめえより早く――今日の朝いちからさ。あの殺し方は、おれたちに恨みを持つものの仕業と知って、次は摩似屋と踏んだんだ。おれはこれでも新宿・毛良根組の二代目。まずは片づけやすい奴を狙うのが常識よ」

「殺されるのを知ってて、助けにも来なかったのね」

「おれも組の者は呼んじゃいねえぜ。それに、摩似屋とはいい加減、潮時だと思ってたのさ、あの野郎、事あるごとに、金をせびりに来やがるんでな」

二人の間に冷たいものが流れ、刻一刻と凝縮していった。それが限界を超えて砕け散るときがゼロ・アワーだった。

ふと、みほは足首に何か軽いものが触れたような気がして視線を飛ばした。気のせいらしかった。

「――それで、手ずから引導を渡しに来たわけなの？」

みほの問いに、白い男は、なんとも不気味な笑みを浮かべて首を振った。その口の端に光るものが女には見えなかった。涎だ。

華奢な指が放った肉片を指さした。

「おめえも自分の魅力はわかってんだろうが。矢島の口に入ってた肉は、親父に食われちまったのよ。だからこそ、わざわざか弱いひとり身でおめえをいただきに参上したんじゃねえか。もう用意はできてる。ゆっくり、食わせてもらうぜ」

その声の終わらぬうちに、みほのポケットが火を噴いた。

握ったままそれと気取られぬところをみると、

二五口径程度の護身用拳銃だろう。ただし、弾丸だけはチビ助に似ず特別製だったらしく、のっぺりしたハンサム顔は、血煙りを飛ばして四散した。

銃口から硝煙をくゆらす小さな武器を片手に、みほは死者の方へ歩き出した。

「同じような死に方をさせてやりたかったけど、どこか不気味な奴だったわね。こんなもの使ってしまって。——前はただのにやけたハンサムだったのに」

驚愕が、つぶやきと足を停めた。

数歩手前で、路上に横たわる男の姿は、陽炎のように揺らぎ、半透明となり、散らばる血塊もろとも消滅してしまったのだ。

立ちすくんだのも束の間、みほは血相変えて走り寄り、茫然と路上を見回した。

「これは——？」

つぶやきとともに拾い上げたものは、掌に乗る程度の小さな金属性の人形だった。目鼻や関節もない。金属の棒と球を組み合わせただけの代物だ。

「きゃっ！」

ひと声叫んで、みほはそれを落とそうとした。

落ちなかった。

内側に封じた思念の力で、中身まで備えた幻影を創造するのだろうが、その役目を終えたいま、それは急激なエネルギー消費による冷却状態で、みほの掌に貼りついたのである。コートの裾にはさんでもぎ取った手からは、かなりの量の肉が引き剥がされていた。

「怪我はないかい？」

みほは振り向きもせず、勘だけで右横へ火線を送った。胸に拳ほどの穴をあけて男が吹っ飛び、たちまち消えた。幻影はそれなりの実体を備えているらしく、遠方のホテルの壁に被害はない。

窓のひとつが開いて男の顔が覗(のぞ)き、すぐに閉じた。真っ昼間に中古戦車と武装ヘリを使った市街戦さえ行なわれるこの街では、個人の銃撃戦など話題にものぼらない。

「驚いたかよ。近頃は、こういうのが流行(はやり)なんだぜ」

声は四方から聞こえた。

振り向くみほの眼前に、四人分のにやけた薄笑いが浮かんでいた。

「来なよ」

「おとなしくしな」

「やりながら食いちぎってやるぜ」

同じ顔と姿が四方から近づいて来た。銃声が空気を震わせ、小型拳銃の遊底(ゆうてい)は、黒い排莢口(エジェクション・ポート)を露出させたまま後方に停止(ホールド・オープン)した。弾丸が尽きたのだ。

「うめえもんだ」

背後で五つ目の声が囁いた。

身をひねるより早く、白い腕が猛烈な力で首を絞め上げ、みほはその場に硬直した。

「ここで食っちまってもいいんだぜ」

と、白い男は呻くように言った。

「誰も見てやしねえし、新宿じゃ、人が何かに食われるなんざ、日常茶飯事(さはんじ)だ。人に食われたとなりゃ、機動警察(コマンド・ポリス)が動き出すだろうが、判らなければ同じことさ。さ、それが嫌ならおとなしくっいて来な」

「嫌よン」

六つ目の声は、二人の左手にある赤いホテルの角からした。

茫然と焦点(フォーカス)を結ぶ五つの視線の真ん中に、七五(ナナ)

○CC（ハン）にまたがった美青年が無邪気な笑顔を向けていた。
　せつらである。

　右手はハンドルに置き、左手を耳に当てている。

「みんな聴かせてもらったが、まだ足りない。その女（ひと）を放したまえ」

　とは言ったものの、バイクに盗聴器をつけているような気配はないし、耳に当てた手の中にも、半透明の、毛糸玉みたいな品を握っているばかりだ。

　それとも、それで聴いたというのだろうか？

「何だ、てめえは？」

　首を絞めたまま、みほの背後に隠れるようにして男が凄んだ。やくざというのは、どいつも同じことをする。

「毛良根組二代目の――ええと、折口哲也（おりぐちてつや）さんだろ。ぼくは秋せつら。捜し屋（マン・サーチャー）だ。その女（ひと）のご主人に捜査を依頼されてきた。返してもらえるとありがたい」

「おもしれえ」

　と折口は言った。

　言った途端に、五組の折口とみほが、せつらを取り囲んだ。

「断わっとくがな」

　と五人の折口が言った。

「元の位置にいるのが本物とは限らねえぜ。こんなふうによ」

　左端の折口が、みほを抱いたまま真ん中の折口に近づき、いきなり胸を突いた。いつの間に抜き出したのか、鋭いナイフの柄までめり込まされて真ん中の折口は大きくのけぞり、抱きかかえたみほごと消滅した。

「それじゃあ、またな」

　残った四つの折口がともにナイフを喉に当て、一気に引き切った。路上に跳ねた鮮血が消えるより早く、せつらの右手がかすんだ。超スピードで斜め前方へ動いたのである。

　こののんびり屋のどこに、そんな途轍もない神経系が潜んでいたのか、びちっ！　と肉を絶つような音が木魂すると同時に、七、八メートル離れたちっぽけなホテルの駐車場の方で、けたたましい悲鳴が上がった。

　間髪入れず、せつらの鼻先を白光が空気を灼いて過ぎる。ホテルの石壁へ突き刺さったのは、特殊鋼のナイフたる証拠だ。

　用心するふうもなく、せつらは一気に駐車場へ走った。

　車など一台もない入口そばの床上に、おびただしい鮮血がはじけ飛んでいた。陽が落ちたために、墨のように見え、かえって生々しい。

　血痕が点々と奥の非常口までつづいている。明らかに、折口はここでせつらにナイフを投擲したのだ。

　しかし、狙われたほうは、どうやって姿なき敵を見破り、どんな攻撃をかけたのか？　せつらの白い手にはいかなる武器もない。顔は相変わらずの天下太平だ。そのくせ――。

「あの傷じゃ、自分ひとりで逃げるのが精いっぱいだな。ドアの向こうで双手に分かれたか。――まあ、これで見通しはついた。後は少し高みの見物と洒落込むか」

　いやに呑気な、というより、この状況では不気味とも取れる台辞を口にした。

3

その夜のうちに、新宿はいささか騒がしくなった。

普段なら日暮れた後は誰も近寄らぬ廃ビル、横丁などに、暗視装置(ノクト・ビジョン)を付け、重火器で身を固めたやくざたちが出入りを開始したのである。

言うまでもなく、素姓は毛良根組傘下の暴力団グループ、二五〇名。目的は、みほとせつらの捜索だ。

毛良根組二代目・折口哲也は激怒に狂っていた。掌中に収めかけた獲物を、どこの馬の骨ともわからぬ若造のせいで取り逃がし、自慢の妖術も破られた上、左上腕部に骨まで達する傷を負ったのだ。

若造の武器が皆目(かいもく)見当もつかぬのも不安だが、自分を狙う女を解放したのはなおさら不気味で、夜の外出だけはと渋る傘下の組長たちを叱咤(しった)し、強制捜査に当たらせたのも、原因はこれだ。

一八平方キロの土地を隈(くま)なく当たるには少なすぎる人数だが、子飼いの情報屋は区のあちこちに散らばっているし、外部との境界線上にある「安全地帯」の一般市民も、札束や食糧購入券をばら撒けば、たやすく密告者になり得る。

女ひとり、若造ひとりの運命は、翌日にも決まるはずだった。

それがおかしな雲行きになってきたのは、翌日の夕刻からである。

女は見つからず、夜っぴての捜索で二〇人近い死者が出た。

これはともかくとして、あの若造――秋せつらには、手を出してはならんという圧力が、「管理局」

上層部からかけられたのである。

　自らの組も含めて加入団体数二〇〇を超える新宿最大の暴力組織には逆えず、哲也はせつら抹殺（まっさつ）を断念した。

　こうして、総力は真壁みほ発見に結集されることになったのだが、必死の捜索も空しく、セクシャルな女の首筋も太腿も、血に飢えた狼どもの眼には留まらず、二日目の晩も過ぎようとしていた。

　真壁みほは断崖の中腹に潜んでいた。

　正確に言うと、新宿区と区外地を隔てる境界線――幅二〇メートル、深さ五十数キロにも達する亀裂の新宿寄り空洞、巨大な排水パイプの内側に。

　この亀裂こそ、ある意味で〈魔界都市〉の名を象徴するものと言える。

　十年前の深夜、午前三時きっかりに新宿区を直撃したマグニチュード八・五以上と推定される直下型大地震、いわゆる〈魔震（デビル・クエイク）〉は、凄惨な爪痕（つめあと）を新宿区全体に残したが、そのもっとも不気味な行為のひとつが、外縁区との境界線を正確になぞるこの亀裂だ。

　区外には微震すら感知させ得なかった事実を見るまでもなく、明らかに、〈魔震〉は新宿区だけを狙ったのである。

　そう。一九八×年九月十三日、金曜日――すべてはそれからはじまったのだ。

　復興作業中の自衛隊員六九名が死亡した「自動小銃発狂乱射事件」、調査を担当した科学者たちが帰宅のバスごと失踪した「帰還バス消滅事件」、そして、〈魔界都市〉の名を確たるものとした「慰霊祭・僧正白骨化事件」――いずれも、悪と魔を招く都市にふさわしい壮絶なファンファーレであった。

妖気に招かれたかのごとく、全国各地から流入した犯罪者人口は、ほぼ死者のそれに等しい四万八千人に達し、大小の組織、個人に分かれていまなお抗争の火種が絶えない。

早稲田、西新宿、四谷に設けられた三つの橋のみで区外とつながるこの都市は、彼方に平穏な日常を望みながら、夜ごと、おびただしい監視塔の光に照らし出される不夜の魔城のごとく、邪気の色濃き光彩を放つのだ。

せつらが、みほのもとを訪れたのは、彼女が排水パイプに身を潜めて二日目の夜だった。

携帯用ランプのささやかな光を、見るともなく見つめているうちに、肩を叩かれた。どうやって嗅ぎつけたのかといぶかる前に、人なつっこい笑顔を見て、みほはなぜかほっとした。身構える気も起こさせぬ春風のような雰囲気を、この美青年は持っていた。

「よくわかったわね」

あきれた声も、われながらのんびりしている。

「言っただろ。ぼくは捜し屋だ。洋服のボタンから大型ジェット旅客機まで、この街で失くしたものなら区別せず捜す」

「ずいぶんあるわ」みほは、ぽつりと言った。「取り戻してくれる？」

「いいよ」

かたわらを流れ去る汚水の響きを聴きながら、せつらはあっさり言った。

二人の居場所は、下水管脇の歩道である。それほど臭いが強くないのは、一メートル先はもう、無惨な切断面の彼方に〈区外〉の灯と風が望めるからだ。せつらがここまでやって来た五〇〇メートルほどの道中は、鼻がひん曲がりそうだったのである。

「冗談よ」と、みほは笑った。「失くしたっきりのものだってあるわ。そうしたほうがいいものも」

「どうやって、こんなところを見つけたんだ？　偶然かね？」

みほは、首を振り闇の彼方へ眼を向けた。

小さな光点が移動してゆく。午後八時。家路を辿(たど)る自動車の群れだろう。

「あっちはどの辺かしらね？」

「東中野だな。あの光が日本閣だ」

「どうしてわかるのよ？」

「簡単さ」

せつらは破壊孔の上段から四、五〇センチ垂れ下がっているチューブみたいなものを指さして言った。

「あれは中央線の線路だ。この上で中野区に入る」

「へえ」

みほは、感心したようにせつらを見て、

「雪絵(ゆきえ)が教えてくれたのよ」

パイプの発見者のことを告げているのだ。

「妹の名前よ。この街は私よりずっと長くて、ずっと辛い目に遭った子。あなたと同じで、いろんなこと知ってたわ」

真壁みほが、失踪した妹を追って新宿へ来たのは、三年前の秋であった。

私大で環境生理学を学んでいた雪絵が〈魔界都市〉に興味を持つことは、その好奇心旺盛な性格から充分に予想され、すぐ帰るとの置き手紙を残したまま、夏休みが過ぎてもアパートへ戻らなかった時点で、行き先はひとつしかないと思われた。同級生との失恋もその確信を深める一助となった。

犯罪者、異常者、観光気分の区外地住民以外で魔界へ招かれるものは、精神に受けた何らかのダメージを契機とすることが圧倒的に多いのである。こころの隙間に魔が取り憑くというのは、やはり正しいのかもしれない。

老いた両親の悲嘆を聴くに忍びず、ＯＬだったみほは、自ら新宿へと足を運び、調査に当たった。無謀すぎる行為のツケは、その日のうちに回ってきた。雪絵を捕えたのと同じワナが、黒い顎（あぎと）に、姉をも咥え込んだのである。

地図を頼りにコマ劇場前をうろついていたみほに話しかけてきたのが摩似屋であり、人捜しの名人がいると紹介されたのが矢島と折口だった。空気さえ汚す妖気と怪異な住人たち——不安に胸苛（さいな）まれるみほには、まっとうな背広姿の三人の腹の中までまっとうに思えた。軽々しい性格の娘ではない。新宿の妖気が理性のねじを緩めたのだ。

摩似屋に連れ込まれた矢島のオフィスで、みほは催淫剤（さいいんざい）入りのコーヒーを飲まされ、輪姦（まわ）された。最初は交互に、それから三人揃って責められた。

みほは素晴らしい肉体の持ち主だった。性器も肛門も口も、白濁した液で汚され、ひとりに犯されているうちに、自慰にふける二人の精液を顔に塗りたくられもした。

みほも狂っていた。

薬は人間性のすべてを奪った。前から後ろから貫かれ、自分から望んで口腔性交に挑んだ。男たちの命じるまま、卑猥な言葉も口走った。

男たちは狂喜した。三人がかりでみほに挑みながら、妹より凄いぜと口走った。

みほは三人に雪絵の写真を見せていた。夢うつつの中で、妹も三人に犯され、何処かに売り飛ばされたことを知った。

　おめえもそうしてやる、と矢島が言った。この街へ来たら、一生、まともな身体じゃ外へ帰れねえ。姉貴も妹も上物だ。永久にこの街で男に尻を振るがいい。

　そうして、と、みほは叫んだ。叫びながら、薬が醒(さ)めたらこんな自分をどう感じるだろうかと思った。

「でも、そんなこと、気にする必要もなかったわ。あたし、それから三日間、薬漬けで三人に責められたの。その後で売られたわ。偶留理って男の研究所へ」

「それが君のご主人か？」

「当人がそう言ったなら、そうなんでしょ。この街じゃ、まともな意見は通用しそうもないわ。あの男のものって意味でなら、そのとおりよ。何を研究してたか、もう、ご存じね？」

　せつらは黙って水の流れる音だけを聴いていた。

　生きた人間の身体を化学処理だけで、類(たぐ)いまれな食物に変えることができるのだろうか。いくら消費しても再生する細胞のプロトタイプは一九七〇年代後半、極秘裡に完成されていたし、食糧危機への対応策として、新たな家畜の増産を可能とするレベルまで達してもいた。

　しかし、人間への応用と、それを眼にしたものすべてに食欲と性欲を同時に催(もよお)させる、魔魅(まみ)ともいうべき魅力を与えることは……。

「偶留理も新宿の住人か……」

　せつらのつぶやきを瀬音が吸い取った。

　奇妙な依頼人は、新宿に数多い気狂い科学者(マッド・サイエンティスト)のひとりだったのだ。

　せつらも何人か知っている。

万物を黄金に変える秘法を究明し、それを奪われることを恐れるあまり、自らも黄金と化したイギリス人は、いま、西口公園の危険地帯で、何の不安もなく深遠な宇宙の哲理に思いをめぐらせているはずだ。

　自らの身を成果と成したものはいい。だが、成果とされたものの嘆きを誰が知るだろう。

「妹さん――雪絵さんはどうした？　やはり偶留理氏の研究所へ？」

「ええ。あそこで会えたわ。脱出計画と復讐計画もそこで練ったの。一緒の部屋に入れられてね。でも、あたしは成功したけど雪絵は……」

　どちらにとっても、いちばん苦手な沈黙が二人の間を埋めた。

「どうする気？」

　みほが、ぽつりと訊いた。

「どうするとは？」

「あたしを止めるつもり？　もしそうなら、あなたとも闘わなければならないわ。勝ち目はないでしょうけれど、首ひとつ失くす気でやれば、相討ちくらいには持ち込めるかもしれない。もっとも、二つ目の首が生えてくるかは、まだ試してないけれど」

「ぼくの仕事は明日いっぱいに、君を自称ご主人のもとへ連れ帰ることだ」

　せつらは飄々（ひょうひょう）と言った。

「それまでは何をするのも勝手だが、死なれては困る。――それと、訊きたいことがある。偶留理氏は、君が帰らないと殺されると言った。あれはどういうわけだ？」

　みほの眼が光った。

「わからない？」

「わからん」

「あたしがここで、何を食べていたかぐらいはわかるわよね」

「ああ」

なぜか、答えたくないような声でうなずくせつらの前へ、みほのコートが落ちた。

脱皮した蝶の肢体は一糸まとわぬ全裸だった。

せつらの口がぽかんと開く。

驚くより、恐怖したのかもしれない。――みほの胸には乳房がなかった。

いや、白い肌に残った赤い球型の切断面、そのほぼ中央に、ピンクの薄皮みたいなものが、かすかに盛り上がっているではないか。

いつの間にか握った薄刃のナイフで、みほは太腿の肉を大きく削り取ると、せつらの口元に突きつけた。

「血も出ないし、痛みもない。失くなった部分もすぐ元に戻るわ。食べてごらんなさい。いける味よ」

眼に残忍な光が点っていた。

悪臭のこもるトンネル内に、突如、天上の花園の香りが立ちこめた。

「さあ」

媚薬（びやく）にも似た声でみほは促した。

自ら乳房を削り、太腿の肉は削（そ）がれても――いや、それ故にこそ、異妖な昂ぶりを、見るものに与える女体だった。

すうっと、それを口元に近づけ、せつらは小さな声で言った。

「凄い匂いだな」

みほが眉をひそめた。このパイプ内の悪臭のことを指しているのだと気がつくのに、少しかかった。

せつらはやさしい声で言った。

「やー公なんざ煮ても焼いてもいいけど、女の子のいるとこじゃない。早く出たまえ」

かぶりつこうとした肉片が口の前から消滅した。

みほがひったくり、汚水へ投げつけたのである。水飛沫が上がり、薄桃の切れ端はすぐ黒い水に呑まれた。

「駄目よ、あんなもの食べちゃあ」

みほは哀しげに言った。その顔は、ホテルの裏通りを黙々と歩いていた、疲れた女のそれに戻っていた。

「あたしは……」

コートを着ながら言いかけて、言葉を呑みこんだ。

きょとんとしていたせつらが、不意に真顔になるや、水面めがけて優雅に左手を振ったのである。

その指先から何やら蜘蛛の糸みたいなものが流れに飛んだ。——と見えただけで、せつらは悠然と背後を振り返った。

「断わっとくが、連れて来たのはぼくではないよ」

「わかっているわ」

待つほどもなく、二人の前に敵が出現した。

4

足音もなく闇の奥から現われた人影は五つ。派手な背広や革ジャンと服装はまちまちだが、暴力沙汰を生活の糧とする荒れすさんだ雰囲気は負けず劣らず生々しかった。全員が生体強化処置を受けているのか、懐中電灯や暗視装置を所持する者はゼロだ。星のまたたきさえあれば、暗闇でも物が見えるのである。

「世話あ、やかしやがって――こんなところに隠れてやがったのか」

三メートルほどの距離をおいて立ち停まり、先頭の黒背広が吐き捨てた。

腰溜めにしたスターム・ルガー・二二口径の肉厚銃身が、小さな銃口をこちらに向けている。闇夜に出くわすものを恐れてか、握り下から三〇連のロング・マガジンが突き出し、プラスチック製の銃床までくっついていた。発射装置も改造し、全自動射撃も可能に違いない。一見非力な二二口径とはいえ、装薬量とパワーを増やし、ハイドラ・ショックのような衝撃膨張弾頭を使えば、人間など一発で斃せる。フル・オートで弾幕を張られた日には、近づくことも適うまい。

「さ、黙ってついて来な」

黒背広が銃身を振って促し、

「おっと、おめえはいいんだ」と、せつらに言った。

にっこりしたところをみると、この美青年、「管理局」から出された指令を心得ていたようだが、黒背広は逆に、荒涼たる笑みを髭だらけの口元に浮かべ、

「勘違いすんなよ。おめえはな、ここでおっ死ぬんだ。『管理局』にゃ、おれたちが止せといったのに、拳銃片手にかかってきたから射ち殺したと話しとく。二代目の命令よ。矢島の部屋にいた三人もおめえの仕業だな。可哀相に。大沢は、摩似屋や二代目のことをおめえにばらしたってんで、今ごろ交通事故に遭ってるだろう。――だけど、どうして、おめえみてえな奴に、あんなに怯えたんだ。おめえの話になると、震え上がってろくに口もき

けなくなりやがる」

冷然たる声音に、何のつもりか、せつらは十字を切り、アーメンとつぶやいた。

「なんでえ、おめえ、キリスト教か？」

「いや。冗談さ」

「ふざけやがって。——おい、姐ちゃん、こっちへ来な」

「あ、その前に」

と、せつらが声をかけた。

「どうして、ここに隠れてるとわかったね？　このパイプへ通じるマンホールの入口は全部つぶれて、三越裏の亀裂は、瓦礫がうまく隠してる。レーダーでも見つからんよ」

「犬をつかったのさ」

と、男はせせら笑った。

「摩似屋さんの口の中に残ってた肉の匂いを嗅がせてな。量が少なくて苦労したが、それもこれで帳消しよ。さ、アーメンでも南無阿弥陀仏でも、好きなほうを唱えな」

二二口径の銃口がずい、と上がった。

「待ちなよ」

革ジャンを着た精悍そうな男が口をはさんだ。

「ひと思いに殺すのもいいが、こいつの見てる前で、その女、いただいちまったらどうだい？　おらあ、さっきからムズムズしてんだ。二代目にゃ、みなで指の一本も詰めりゃよかろう」

「ふん」

と、黒背広は少し考えてから言った。

「そりゃおもしろそうだ。決めたぜ。——おい、姐ちゃん、脱げや」

どっと男たちの間から笑い声が起こり、次の瞬間、止んだ。

　みほの怒りの相を見たからではない。

　せつらの顔がすうっと変わっていったのだ。終日、雲の流れを見上げて過ごしているような悠然たる趣きが消え、その下から、何やら別の、途方もなく凄絶なものが姿を現わしつつあった。美貌は変わらず、人間性（なかみ）が変わった。

「その前に、おまえたちが脱ぐがいい」

　声は美しかった。静かだった。あたたかさとやさしさは微塵（みじん）もなかった。

「なにを――」

　黒背広の銃口が動いたとき――ぴうんと空気が鳴った。

　それが合図であったかのように、男たちの服は、おびただしい布の細片となって足元に散らばったのである。

　どよめきを上げて、しかし、やくざどもは、剝き出しになった股間を隠すことも、スターム・ルガーの引金を引くこともできなかった。

　四肢（しし）を貫く激痛が脳天から指先まで突っ走ったのだ。

「おまえたちがやって来る前、床に張っておいた」

　やくざたちの苦しみを楽しむようにせつらは言った。「特殊鋼の糸だ。蜘蛛の糸より細いが、レーザーでも切れん。――苦しいか？　少し緩めてやろう。――ほら、動いてみるがいい」

　誰かが応じ、何か堅いものの断たれるような音がして、白い断片が床に散らばった。

　指だ。悲鳴は上がらない。苦痛に声も出ないのだ。

「私はおまえたちを殺したくて仕方がない。それも、できるだけ苦痛の多いやり方でな」

　これが、一昨日の昼、近所の少女と綾取りにふけっていたヌーボーたる美青年の言う言葉だろうか。

　確かに彼ならできる。

　やくざたちを金縛りにした特殊鋼の糸は太さ千分の一ミクロン。風にもそよぐ。綾取りもできる。しかし、ひとたび秋せつらの指が動くとき、それはチタン合金すら断ち切る鋭利な刃と化して敵を両断し、あるいは骨までめり込む透明な紐（ロープ）と化して四肢の動きを封じるのであった。

　それにしても、それぞれ立つ位置の異なる男たちを、ほぼ一瞬にして絡め取った糸の神秘な動き、指先の手練。

　この青年はまさに魔人であった。

「だが、ここらでひとつ、役に立ってもらおうか。――歩け」

　だらりと下げた指先はぴくりと動いたふうにも見えず、やくざたちは一斉に後ろを振り向いた。

　そのとき――

　滔々（こんこん）と流れていた汚水の一角が、不意に持ち上がった。

　闇よりもなお黒々した魚とも獣ともつかぬ形が、やくざたちのど真ん中に飛び込み、ばきりと、肉と骨、ともに断つ音がした。

　さすがにせつらも驚いたが、金縛りの苦痛に声も出なかったやくざどもが、気狂いじみた悲鳴を飛ばしてわれ先にと出口へ走り、歩道でのたうつ人影を貪るものは、不意に顔を上げるや、身をひるがえして水中へ消えた。

「いまのは――いったい？」

　思わずすがりつくみほに、せつらは楽しげに、

「パイプのどこかに棲（す）みついている何かだ。〈魔震〉で市ヶ谷の遺伝子研究所から物騒なサンプル

が地下へ流れ出して以来、一部を残して下水道は別の魔界になった。さっき、指を落とした奴の血の匂いを嗅いでやって来たんだろう。——来るぞ！」

凄まじい力で押され、数メートルもふっ飛びながら、みほは眼を開いていた。

そして見た。

立ちすくむせつらに襲いかかった背鱗を持つ巨影が、白い牙を射ち込む寸前、空中で四つに裂けるのを。

分断された身体は水音を立てて水中に没し、せつらは何事もなかったように、みほへ歩み寄った。

見えざる糸が水中にも張られ、異形のものがすべてそれに絡められていたとは、みほにはわからない。

「奴ら、行ったか」心配そうに見上げるみほは無視して、トンネルの奥へ目をやり、せつらは思案深げにつぶやいた。「無事逃げ戻ったとして、もう一度、夜の奇襲はかけまい。もっと安全な場所で夜明けを待つとしよう」

だが、せつらの目論見は空振りに終わった。

パイプを逃げ出した四人のやくざのうち三人は、組の事務所へ帰る途中、永遠に姿を消したが、生き残ったひとりが、せつらたちの居所を告げ、毛良根組戦闘部隊は、そいつを先頭に二時間後、パイプを急襲したのである。

今度は犬が先頭に立ち、複雑なパイプの支線に身を隠していた二人も、あっさり拉致されてしまった。一〇メートルもの距離をおいて高性能狙撃ライフルで威嚇した戦法が効を奏したのである。せつらの技を知った生き残りの入れ知恵だった。

夜明けまで待ち、厳重に身体検査されたせつらとみほは、四谷左門町の一角にある毛良根組事務所へと車で連行された。

四方をコンクリートの壁で囲まれた広い地下室で、折口哲也の毒々しい笑みが二人を迎えた。

「待ってたぜ。用意はできてると言っただろうが——どうだい、これ」

勝ち誇った手の示す品を見て、せつらはうんざりと空中を仰いだ。

昨夜のうちに、あの魔的な雰囲気は消え、人なつっこい平凡な美青年に戻っている。ただし、どちらが本当の彼なのかわからない。

ガス・レンジと調理台、白い皿をたらふく咥えこんだ食器棚、スチール製の折りたたみテーブルと椅子。——どこにでもある平凡な、それだけに、事情を知るものにとっては、不気味この上ない備品だ。

レンジは赤いゴムホースでかたわらのプロパンガスのボンベとつながり、テーブルの上では大小の肉切り包丁が天井の照明光をはね返していた。

「さ、来なよ。おれは約束は守る。これから毎日、少しずつ食ってやるぜ」

せつらの方も見ず、みほは無言で折口の前に進んだ。

せつらは動かない。ポケットにあった糸玉は取り上げられているうえ、武装した組員たちが周囲を取り囲んでいる。

昨夜の生き残りは、虚ろな眼つきで先頭に立ち、せつらにスターム・ルガーを向けていた、あの黒背広だった。

「ああ……」

脳髄を白くとろかすような喘ぎに、男たちの視線が二代目の方へ集中する。

　コートの胸前を大きく開け放ったみほの前に、折口が膝をつき、激しく舌を鳴らしていた。こちらからは、みほの後ろ姿しか見えない。演じられる舌の凌辱がコートに遮(さえぎ)られているだけに、えらく刺激的な眺めだった。

　何人かが生唾を呑み込む。

　折口の手がコートの脇から入り、尻のあたりで粘っこく動きはじめた。肉を揉んでいる。

　みほが低く呻いて上体を反らせた。

　近頃のやくざは女を縛りつけるため、組単位で指圧による性感刺激法を学んでいる。折口もたっぷりと月謝を払い込んだ口だ。

「どうだ、みんな見てるぜ、気持ちいいか？」

　どこかを舐めながら尋ねる声がした。

　みほは答えない。

「いいのかよ」

　折口の手が動いた。肛門を責めているらしい。

　みほはたまらず声を上げていた。

「ああーっ、いいわ、気持ちいい。とっても」

「そうかい、そうかい、みーんなで見てるぜ。おまえの裸を見てえってよ。どうだ、あっちを向いて、見せてやるか？」

「い、嫌、あっ……あ……あ……いいわ。見られてもいい、見せてあげる」

「まだだ」

　折口の顔が右側へ動いた。

　うっ、と、みほが身を反らせる。

　おぞましい音がした。

　脇から顔をのぞかせた折口の口には、薄桃色の肉片が咥えられていた。みほの腿の肉であった。

　くちゃくちゃと咀嚼しながら、せつらに向かい、

「どうだい。色男。昨夜、どんな楽しい目に遭ったかは知らねえが、ひと口やってはみたのかい？　え？　口ん中がとろけそうな甘露だぜ。なに、安心しな。この女はな、いくら食われても痛くねえんだ。かえって気持ちいいくれえなのよ。おまけにな、いくら食っても、後から後から肉ぁ増えてくるのさ。――おい、まず、どこを料理してほしい」

「胸よ、胸よ」

「いいともよ」

　折口はそのままの姿勢で手を伸ばし、ラーブル上の肉切り包丁を摑んだ。

「待って。――その前に、胸を吸って」

　下からすくい上げるように持ち上げられた乳房が頭上で揺れ、欲情に憎しみも忘れたか、舌で唇を舐めるみほの媚態(びたい)に何もかも忘れて、折口は左の乳に吸いついた。激しく乳首を吸い、口いっぱいに果肉を押し込む。

　それは生きもののように、彼の口と鼻孔を塞いだ。

　包丁を持った腕と頭が、みほの手に押さえられ、自由な左手が必死で空(くう)を摑むのを見たとき、組員たちは変事に気づいた。

　銃口が、みほの背をポイントする。

「射て」

　低い声が命じた。

　それがせつらの口から洩れたものだと知った刹那、小気味よい銃声が空気をはずませ、男たちの半数は朱(あけ)に染まってぶっ倒れていた。

　難を逃がれた組員たちの驚愕の瞳が、スターム・ルガーを乱射する黒背広を映す。

　次の瞬間、残った組員たちの一斉射撃を食らい、即席の裏切り者は数メートルもふっ飛んでいた。

きん！　と空気が鳴った。

光る糸が空間を薙(な)ぎ、やくざたちは全員、腰から上を切断されて、どっとばかりに地へ伏していた。地下室を血風が舞った。

今度ばかりは動かした右手を脇へ垂らし、せつらは黒背広の死体へ眼をやった。

あの排水パイプから逃げ出したときはもちろん、先刻、せつらに仲間を射てと命じられる寸前まで、男は自分がせつらの糸に絡め取られたままだとは気づかなかったであろう。じつに、この特殊鋼の糸は、指先ほどの玉で全長二万メートルにも達し、けっして切れることがない。

せつらがあっさり武装解除されたのも、これを通して男が無事逃げ帰ったのを知り、操り人形として利用する計画を立てたからだし、排水パイプに忍ぶみほのもとへと不意に現われたのも、ホテル街で相(あい)まみえたとき、前もってみほの足首に巻きつけておいたためだ。

美しき魔人は、一本の糸で人間さえ自由に操り得るのである。

凄惨な魔魅の表情を崩さず、せつらがもうひとつの対決の場へ振り向いたとき、すでに決着はつきかけていた。

コートも脱げ落ち、輝く裸身をさらしたみほの胸の中で、折口の身体が死抗期の痙攣を繰り返している。みほの眼は歓喜にわなないていた。復讐相手の凌辱を甘んじて受けたのも、すべて、この方法を遵守(じゅんしゅ)するためだ。腰の肉にめりこんでいた指が、激しく突き立った。

何かが空気を押し退けて現われた。

ひとつ、また、ひとつ。それは、生と死を賭けて争う男女の忠実無比な再現像だった。

折口の術だ。

像は無数にあった。部屋じゅうで、折口がみほの乳房を貪っている。

ふっ、と左端の折口が顔を上げ邪悪な笑みを洩らした。わずかに遅れて、真ん中——本物の位置に留まる折口も。つづいてせつらの背後で。——折口は次々と女の罠から解放されていった。

せつらの左後方に最後の折口が残った。それが顔を上げかける寸前、せつらの右手が走った。見えざる刃の一閃であった。

みほの身体に塞がれているはずの折口の頭部がぱっくりと割れ、全身の力が抜けた。

と、同時に、せつらたちが連れ込まれたドアの向こうで、重いものの倒れる音。

駆け寄ってドアを開ける。

みほが立っていた。大きく嚙みちぎられた右の乳房に手も当てず、足元に伏す折口を見つめていた。横向きの死顔に、苦悶と陶酔の色がこびりついている。

「いい死様かも知れない」

せつらが正直な感想を洩らした。

みほは、うなずいた。

「では、私につき合う番だ。まだ時間はたっぷりある」

地下室を脱出し、ふたりは新宿通りでガソリン式のタクシーを拾った。

偶留理食糧問題研究所は、河田町の東京女子医大病院裏にあった。

「何度来ても、ぞっとしないところだ」

タクシーに料金を支払い、せつらは周囲を見回した。ひと目で無人とわかるプレハブの家が軒をならべている。吹きゆく風も妙にうそ冷たく肌を刺した。陽光のぬくもりを、家並みと風が吸い取ってしまうのかもしれなかった。

河田町はある意味で、西口公園、新宿御苑に比肩する危険地帯である。フジテレビの対面(トイメン)にあった自衛隊の遺伝子操作研究所が崩壊し、数年後、得体も知れぬ怪生物の目撃者と、行方不明者が続出しだしたのだ。プレハブ住宅は、その恐怖を今に留める名残りの家であり、高台にそびえるフジテレビの建物は、恐怖の蹂躙(じゅうりん)になおも怯える呪われた城であった。

ドアは開いていた。

一歩入った途端、異臭が鼻を衝(つ)いた。猛烈な腐敗臭だった。家全体が腐っているのではないかと思われた。

「こっちよ」

みほの案内で階段を上がった。人の気配はない。すぐ前にドアが開いていた。そこが腐臭の源だった。

足を踏み入れる前に、奥のベッドと、サイド・テーブルが見えた。ブラインドを上げた窓から澄んだ冬の陽が差し込み、床もテーブルもベッドも、異様な色彩の品で埋まっていた。

野菜、果物、肉――すべて腐敗した食物であった。

テーブルの上に、見覚えのある人物が顔を伏せていた。

「偶留理さん、奥さんをお連れしました」

せつらは静かに言った。

それを理解するのに要した何秒かを経て、ゆっくりと顔が上がり出した。

皮を貼りつけた骸骨(がいこつ)が二人を見つめた。

「早苗……」

干からびた唇が、そんな言葉を形造った。声ではない。

偶留理氏はテーブルをずり落ちた。歩く力も残っていないらしく、這いずりはじめる。十本の指を、腐敗汁で変色した絨毯に食いこませ、ずるりずるりと進む姿は、妄念以外の何物でもなかった。

進み出ようとするせつらを制して、みほが歩き出した。わななく指の前に立つ。瀕死の男を見下ろす眼には、ぞっとする冷淡さが光っていた。

「……早苗……」

偶留理氏の腕が伸びた。口元から涎が溢れ出している。指が届く寸前、みほは一歩退がった。もう一度、断末魔の前進。みほは、また後退した。

三度目の正直はなかった。

伸ばした手は空を摑み、地に墜ちた。黒い爪が軽く床をひっかき、動かなくなった。

「飢え死にか……」

せつらが死人の脈を取りながら言った。

「君の肉を口にしたものは、二度と他の食物が食えなくなる——なるほど、妻とはよく言ったものだ。だが、今のはやり過ぎかもしれんぞ」

「雪絵がどうなったか、まだ話してなかったわよね」

みほの声には憐憫の破片もなかった。

「あの子は失敗例として、この男に食われたの」

返事はない。

玲瓏たる瞳に冷ややかな翳を宿して、美しき魔人は絨毯に落ちる飴色の陽差しを見つめていた。

窓枠とブラインドの影が十字架を織りなす陽光は、奇怪な依頼人の数センチ手前で留まっていた。

二人は外へ出た。

「どうするの、これから？」

みほが訊いた。

「家へ戻る。本職があがったりでな。私より君は？」

みほの視線が落ちた。

「帰るわ、家へ」

「この街はこれでなかなか住みやすい」

せつらが、おかしなことを言いはじめた。

「やくざの一〇〇人や二〇〇人死んでも警察は気にもしないし、機動警察(コマンド・ポリス)の巡回は週に二度しかない。職種さえ問わなければ、区外地より金になる仕事は山ほどある。そして、大抵のことは金で決着(けり)がつけられる」

みほは、せつらの顔に見入った。

「いい男もいるしね」

新宿駅の方向からやって来たタクシーを、みほは、手を上げて停めた。

「さよなら」

差し出した手を握り返す代わりに、せつらは札束を握らせた。

「気にしないでいい。あいつの机からもらってきた報酬(ほうしゅう)の残りだ。仕事は果たした。これは餞別(せんべつ)さ」

みほが首に抱きついて、唇を押しつけた。男を狂わす蠱惑の味は、不思議と爽やかだった。

手を振りながらタクシーに乗り込むコート姿を、せつらは無言で見送った。

タクシーが走り出した。一〇メートルほど走ってUターンした。新宿駅の方へ戻ってゆく。車窓から、みほが手を振っているように見えた。

せつらは微笑した。

凄愴（せいそう）な魔人の容貌は、冬の昼下がり、少女を相手に綾取りにふけっていた、なごやかな若主人のそれに戻っていた。

さらば歌姫

1

その、四十年配の男の顔に、秋せつらは見覚えがあった。頭の中の記録ファイルをひっくり返しているうちに、男はまず、風しのぶのマネージャーだと名乗り、海苔巻きあられを数個手に取ると、一気に、頑丈そうな顎で嚙み砕いた。

「黒部（くろべ）良三（りょうぞう）」

と、思い出したように名乗るまで、数秒を要した。

「どうです？」

と、せつらは訊いた。

「味かい？　――うまいよ。あんた、天才だ。もっと大々的に売り出しゃ、大企業にもなれるぜ」

もう一度、さもうまそうにあられを数個、赤い口の中へ放り込む男――黒部の熊みたいな顔と身体つきを見ながら、せつらは、やっと記憶の中から一枚のカードを探り当て、同時に暗い表情になった。

風しのぶが、〈区外〉から姿を消したのは二年ほど前のことである。

その可憐（かれん）な美貌を見たものが次の瞬間には眼を剝く妖艶な肢体と、アルバム録音中のディレクターやミキサーまでが機械操作を忘れて聞き入ったという甘美憂愁の歌声は、ある夏の一日、立ちのぼるかげろうと化したかのように、一億ファンに別れを告げた。いや、引退声明も、それに類した惜別（せきべつ）の挨拶もなく、二十二歳の歌姫はこの世から消失したのである。

「あんた、捜し屋さんだから打ち明けるがよ、しのぶが新宿へ入ったってな、当時から間違いないと噂されてたんだ」

　テレビのブラウン管で、新曲発表や悪どい醜聞（ゴシップ）否定会見のとき、影のようにしのぶのかたわらに席を占めていた敏腕（びんわん）マネージャーは、出された麦茶を飲み干してから、もっと渋い声で言った。

「え、あんた、よりによって新宿だぜ。おれぁ夢中で防戦に努めたよ。なんで風しのぶが、あんなとこ行かにゃならねえんだってな。あと五年もたってみな、歴代のどんな大歌手だって、あいつの前じゃかすんじまう世界一の歌姫になれる身が、寸前で、どうして新宿へなんぞ入らにゃならねえんだってな」

「幸福――ね」せつらは遠い眼つきでつぶやき、

「しのぶさんが新宿へ来たとして、その理由は――？」

「今もってわからねえ。あのくそ暑い晩、このおれにさえひと声も残さず、身の周りの品だけ持って、出てっちまったんだからよ。デビューして五年間、親より尽くしてやったこのおれに、さようならの挨拶もなく、だぜ。探さずにいられるかい。――おおい、麦茶のお代わり！」

　じきに隣り間との仕切りの襖を開けて、十七、八の娘が顔をのぞかせ、ガラス筒に入った麦茶を黒部のグラスに注いで立ち去った。

　ようやく黒部は周囲を見回し、

「おれもいろんな探偵事務所や暴力団のオフィスに、顔出したことがあるけど、せんべい屋の和室の六畳間てな、初めてだ。今の娘さん、これかい？」

　眼の前に突っ立てられた小指に、せつらは柳の葉みたいに繊細な眉をひそめた。

「秘書ですよ。近所の弁当屋の娘さんに、アルバイトに来てもらってるんです」

「捜し屋の秘書が弁当屋の娘ねえ」

黒部はじっと腕組みして考え込んでいるふうだったが、すぐ、ぱっと眼を見開いた。せつらがぎょっとするほど真剣な、凄まじい眼の色であった。

「おもしれえ。あんた方ふたり、デュエットの探偵歌手としてデビューしてみねえか。かたや本職、もうひとりは色気で悪党どもを油断させる優秀な女探偵って触れ込みでよ。受けるぜ、こりゃ。あんた、涎が出そうなくらいいい男だしよ」

「二人とも音痴ですよ」

せつらは手を振って話題を変えた。

新宿で三代もつづいたせんべい屋の若主人が、人捜しを副業にするのも異常だが、歌手ともなると、人外魔境の職業という気が、せつらにはするらしい。

高雅秀麗（こうがしゅうれい）な、そのくせ、どこか春の陽を思わせる抜けた感じのこの美青年は、新宿一の人捜し屋——マン・サーチャーなのであった。

少し話してから、札束と凧しのぶに関する資料の入った封筒を置いて黒部は立ち上がった。

「よろしく頼むぜ。おれのほうも当たってみるがよ」

それから、事務所の出入口——秋せんべい店の裏口へ出ると、揉み手しながらついて来たせつらの方を振り向いて、神妙な声で訊いた。

「あれかね。自分の意志で新宿へ入って、幸福な顔で出て来た奴はいねえと言うが、あんたも見たことねえか？」

せつらは、うなずいた。

黒部が立ち去ると、彼はガラス戸越しに、午後のやわらかい光を縫ってそびえる摩天楼（まてんろう）――かつての新宿新都心・高層ビル群に眼をやった。

希望を胸に入って来る者はいない。

よろこびを抱いて出て行く者もいない。

だからこそ、新宿は、その名にふさわしいのであった。

〈魔界都市〉の名に――。

夕暮れが蒼茫と空気を染めてゆく大地に、低い呻き声が流れていた。単なる苦痛を訴える声ではない。怨みを唱える呪詛（じゅそ）とも異なる。

地の果てから渡り、地の果てへと去る呻き声。

それは声ではなかった。

腐りかけ剝け落ちた樹皮の裏側を這う風が奏でる腐敗の音だ。

あるいは――

珊瑚（さんご）状にねじ曲がり、おびただしい小枝を数百平方メートルに亘って広げた藍色の怪植物が、地中深くより、わずかな水を吸い上げるときに発する呼吸の音だ。

あるいは――

形容し難い色彩の苔（こけ）で覆われた地面と丘陵の連なりに、棒杙（ぼうぐい）のごとく横たわった人々の放つ溜め息か鼾（いびき）だ。

それが聞こえる。呻き声に。

ここでは――新宿御苑では。

年間一八〇万人の人々が都心に緑を求めて集まった造園の面影はすでにない。打ち砕かれた入口の廃墟に立って見渡せば、視界を埋めるのは、洋々と広がるグロテスクな平地と丘陵、そして極彩色の植物ばかりだ。

一歩踏み出せば、靴底を支える大地は妖しく沈み、なまめかしい女体を思わす感触が足裏に伝わる。

薄汚れた人々の集まる丘陵の一角が、わなないて見えるのは、眼のせいだろうか。

厚生省の管轄になる唯一のもと国家管理庭園も、今は宿代にも事欠く浮浪者の溜まり場と化し、秋の一夜の〈魔震〉の爪痕を明瞭に留めているのだった。

その男の稼ぎどきは闇が落ちてからだった。昔はもっぱら、高田馬場周辺で、一般通行人相手の恐喝専門だったが、警察の眼が厳しくなったので、最近、標的を人間モルモットに切り替えたばかりだ。

〈魔震〉以来、奇怪なエネルギーや動植物が跳梁をほしいままにするこの閉鎖都市では、それを研究、商品化しようとする企業の極秘研究所が山ほどある。人体実験が非合法なのは言うまでもないが、それを望む需要者と供給者が暗黙の了解を胸に収めているかぎり、男のような人間にもたつきの道は開けているのであった。

企業の研究所は一応、その目的を公開しているが、眼の血走った研究者がただひとり、夜ごと、わけのわからぬ実験にふけっているような、個人規模の研究所は、ぐんと収入がいい。ただ、五〇人にひとりは帰って来ず、残りのうち数名が、ふた月以内に、残りも半年とはもたぬものが多いという。

女の白い脚を小脇に抱え、夢中で腰を動かしていた男は、軽く頬を叩かれ、夢から醒めた。

濁った瞳が徐々に焦点を結び、ようやく生気を取り戻した表情に、再び愚鈍(ぐどん)の色が湧いた。

夢のつづきと思ったのである。

薄墨の空を背景に彼を見下ろしている顔は、夢の中の美女よりはるかに美しかった。

「富永丈吉(とみながじょうきち)さんですね」

と、女はどこか抜けたような男の声で訊いた。

「なんでえ——野郎かあ」

ぷんと安酒の匂いが空気に混ざった。あちこちで、寝そべったり、輪をつくっていた連中がこちらを向く。

「初めまして、ぼく、秋せつらと申します。秋DSM(ディスカバー・マン)——人捜しセンターの所長をしております」

と言っても、事務所はせんべい屋の六畳間。秘書はいるが、近所の弁当屋の娘だ。

センターと聞いて男——富永丈吉の眼がどんよりと光った。何とかセンターで、何がしかの金を稼いだことがあるのだろう。

「仕事かい？　今日は乗り気じゃねえんだ。高いぜ」

「それなりの報酬は用意してあります」

黒メッシュのブルゾンの胸を叩くせつらに、富永はようやく笑いかけ、

「他所(よそ)の野郎に口をはさまれたくねえからな——こっちへ来な」

と立ち上がった。

2

無惨につぶれたコンクリート製の休憩所跡で、せつらは愛想よくこう切り出した。

「富永さん。あんた、一年半ほど前、風しのぶと

同棲していたそうですね？」

　濁った眼に理性の光が点るまで少しかかった。

「風……しのぶ……ああ……いや、知らねえ」

「おとぼけなさんな」

　と、せつらは白い歯をきらめかせて笑った。

「あんた、元マネージャーのところへその情報、売込みの電話をかけたでしょうが。もっとも、マネージャーの話じゃ、とうとう約束の場所へは来なかったそうだけど。いや、声の印象だけで、あなたを割り出すのに、半日もかかった。さて、本題です。しのぶさんはいま、何処に暮らしているのですか？」

　富永の眼に怯えが走った。酒と麻薬で脳細胞が弛緩した人間をまともに戻すには、古来、恐怖が随一と決まっている。

「知らん……おりゃ、知らねえ……」

　声に恐怖が貼りついていた。

「お決まりの脅しと圧力ですか」

　せつらは、にこやかに言った。

　富永の怯え具合からして、かなり危険な仕事(やま)と一目瞭然だろうに、のんびりした声には春風が詰まっているようだ。

「いざとなれば、責任を持って外部へ脱出させますよ。ただし、警察へ、ですけど」

「……いくら出す？」

　富永が上眼遣い(うわめづか)いで訊いた。

「これだけ」

　せつらの右手が上がり、手首をひとひねりすると、一万円札がカードのように花開いた。

「三〇万円あります。どうですかね？」

　垢だらけの手が動き、札束をひっさらった。

　ひょいと手を遠ざけ、

「おっと――半分だけ」

と、せつらはおどけて言ったが、もし、富永が手にした札を数えてみたら、まさしく、言葉どおりだと気づいたであろう。

「それと、二、三、聞かせてください。なぜ、あの大歌手が、あなたと同棲する羽目になったのか。もうひとつ――新宿へ入り込んだのはどうしてか」

「いいともよ」

覚悟を決めたのか、富永の表情にはしたたかな粘りがのぞいていた。

「あの女は、売られたのよ」

「売られた？　――あの大歌手が？」

「もと大歌手だろうが」と富永は嘲笑した。「歌ってみろったって、声なんぞロクすっぽ出やしなかったぜ。それに、あのご面相じゃあよ――男どころか女のファンだって逃げちまわ。おれがいなけりゃ、とうの昔に場末のソープ・ランドかピンク・ハウスで、おかしな病気伝染されて、野垂れ死によ」

ピンク・ハウスとは、売春窟の隠語だ。

「そのとき、君は、彼女をどう扱った？」

富永の背筋を冷水が走ったのは、せつらの言葉遣いと声の質が変わったからだけではなく、濃くなった夕闇に閉ざされつつある全身が、形だけはそのまま、何やら異様な雰囲気に変貌してゆくのを感じたからだ。

「いや……」

前方から浴びせかける形容し難い鬼気に後方へと退がり、富永は氷のような、せつらの声を聞いた。

「ソープ・ランドへも、ピンク・ハウスにも売らず、客を取らせて稼いだか。なるほど、野垂れ死にさせるわけにはいくまい」

「おい……おれは……」

「彼女はいま、何処にいる？」

否定も嘘も許さぬ峻烈(しゅんれつ)な問いであった。

富永の唇が動いた。

その身体が次の瞬間、独楽みたいに回転した。

右胸からぼろ布(きれ)みたいな血塊が噴き上がるのを見た刹那、せつらは後方へ跳んだ。驚くべきことに、助走もなしで、五メートルも離れたコンクリート塊の陰へ。

重い轟音はようやくやって来た。

大口径ライフルの一撃である。距離は約二〇メートル。四〇〇メートル必中がモットーのライフルにすれば食い足りない成果だろうが、結果は意外な形を迎えていた。

もろに心臓に被弾したはずの富永が、奇怪な苦鳴を洩らして逃走に移ったのだ。おそらくはたび重なる人体実験のせいで、体組織が人間以外のものに変化していたに違いない。

途中、もう一度、身体を震わせ、銃声に追われるように、人影は闇に呑まれた。

なぜか、せつらは追おうとしなかった。

冷たい死の迫り来るのを知ってか知らずか、どこか太平楽な顔には、不敵とさえ言える微笑が浮かんでいる。おかしなことに、先刻、富永を戦慄させた鬼気は跡形もなかった。

闇の向こうで気配が動いた。複数である。

「出て来なよ、探偵屋」

「楽に死なせてやるぜ」

声の方向に耳を澄ませて、せつらの微笑はますます深くなった。

「それは、どうも」

ひょいと楯にしていたコンクリート塊の陰から出た。

敵は四人いた。手に手に拳銃とライフルを保持し、一〇メートルほど向こうに固まっている。

「ほう、そのバッジは――竜谷（りゅうこく）会の方ですか」

完全な闇が覆った暗黒のさなかで、この若者は、小指の先ほどの金属塊を認めたのだったろうか。悠然と――

「ちょうどいい。知ってることを喋ってもらいましょうかね」

人影の数だけ湧いた怒号は、殺意と直結していた。

銃口がせつらを向き――

それだけだった。

武器ばかりか、男たちも動かない。一瞬のうちに、金縛りにでもあったかのように。

いや、現実に、彼らは縛りつけられていたのだった。

秋せつらの、だらりと下げた両手の握り拳から垂れ下がり、地を這い、彼らの全身を絡め取った、たった一本の特殊鋼の糸に。

どのような超技術を、せつらの指先が駆使したものか、それは、彼らの袖口から忍び入り、ほんのわずか胴体に食い込んだだけで、骨まで断ち切るような苦痛を与えた。わずか数ミリの引きで事足りる武器の発射も成せず、男たちは硬直した。

「これで、声は出せるでしょう。――あなた方に富永さんとぼくを狙わせた依頼人（クライアント）の名は？」

言いかけて、せつらは眼を見張った。

激痛に身動きひとつできぬはずの男たちが、突如、全身を震わせ、その口から何やら紐みたいなものを吐き出したのである。

草むらに落ち、石壁に当たるそれが、細長い汚怪な虫であると、せつらの眼だけが見破った。ただの回虫の類ではない証拠に、それは男たちの内臓を食い破り、肉を吸い尽くして、ついには眼窩から、鼻孔から、胸から、肛門から、体外へのたくり出たではないか。

足元で蠢く一匹を、泥濘のような内容物とともに踏みにじり、秋せつらは闇の奥に眼をやった。

気配はない。

男たちは前もって、この奇怪な虫の卵でも服用させられていたのであろうか。口封じのために。

「無茶をする」

自分の行為など忘れ果てたように洩らしたせつらの声は、茫洋としたせんべい屋の主人のものではなかった。

3

せつらが、富永と再会を果たしたのは、その深夜、旧都営新宿線・曙橋駅構内であった。どのようにして逃走経路を探り当てたものか、推定マグニチュード八・五の暴威も比較的蒙らずに済んだ構内のひと隅に、死人のごとくひっそりと横たわる影は、まぎれもなく富永であった。

死人のごとく？　いや、彼はとうにこと切れていた。

徒労に了えた新宿復興作業の名残り――天井に取り付けられた永久電気灯の投げる仄白い光を浴びて、影のように富永の身体の下にわだかまる黒血を見やり、せつらは身を屈めると、絶世の美女でもかくやと思われる白く繊細な指を富永の頸部に当てた。

「死後、五分。それなのにいるとは——待ち伏せか」

体温も計らず、なぜ五分とわかるのか、それとも指が感じたのか。こうつぶやいて、秋せつらが立ち上がったとき、わずかな空気流を待ちくたびれていたかのように、富永の首はことんと地に墜ちた。

大口径ライフルの直撃にはもちこたえた異常人も、首を切り離されては、常闇(とこやみ)の国へ行かねばならなかったとみえる。

すると、せつらが、「いるな」と言ったその意味は——？

せつらがゆらゆらと歩きはじめた前方数メートル、闇に閉ざされた改札口のあたりから、銀光が迸った。

空気を灼く猛速。

悠長な足取りの主とも思えぬ身のこなしで横へ跳んだせつらの首筋をかすめ、後方の石壁へバター・ナイフのごとく突き刺さったものは、一本の鉈であった。だが、その彎曲した厚い刃は、優に五〇センチを超し、人間どころか馬の首でも両断できそうだ。木製の握りの端に付けた黒い布が、どこかの亀裂から吹き込む風に揺れた。

二撃目は来ない。

せつらは動かない。とまどっていたのである。単なる大型の鉈で石壁すら貫く技量の主が、連続攻撃をかけてこないことに、ではなく、鉈の飛翔とともに、その気配が消失してしまったためである。

移動の形跡はゼロ。

瞬間転移(テレポート)の法を身につけた男か？

びゅっ！　と首筋を冷風が薙いだ。

びん！　と張りつめた糸を弾くような音。

せつらの首をぶち切る勢いで特殊鋼の糸に命中した鉈は、虚しくはね返って、後尾の黒布を揺らめかせつつ、今度は遠く離れた瓦礫の堆積の陰に消えた。

すでにせつらは振り向いていた。

だらりと下げた拳の内側では、いま、襲い来る鉈をはね返した特殊鋼の糸が、必殺の一撃と化すべき瞬間を待っている。

しかし——

その目標がいないのだ。

一瞬、確かに鉈を投じる殺気はあった。

それが寸秒の間を置かず消えている。

「まいったなあ」

と、ひとつ頭を掻き、せつらはおかしな動作をした。左手を軽くはね上げ、頭上で拳を開いたのである。

掌には何も握っていない。

そして、彼は、「また、出直しか」と不平そうにつぶやき、悄然と闇の奥へと消えた。

その足音と気配が完全に絶えてからさらに数分、鉈が吹っ飛んだ瓦礫の一角で、ひとつの影が黒々と起き上がった。

右手に鉈を下げている。

小柄だが異様に肩幅の広い、腕の太い影であった。

それがいかにも鈍重な身のこなしで瓦礫の山を這い上がり、亀裂の端から夏の夜に吸い込まれると、しばらくたってから、先刻、せつらが歩み去った闇の一角が、もうひとつの人影を生んだ。

ほっそりとした優雅な影は、血臭に誘われ出た食肉鳥や鼠(ねずみ)を蹴散らし、風のような足取りで、先行の影が辿った小山を登って行ったが、時間の経過からして、追跡ではあるまい。

河田町――かってのフジテレビ社屋の残骸がそびえる丘陵の麓(ふもと)は、社屋の対面(トイメン)にあった自衛隊遺伝子研究所の崩壊が招いた怪生物の跋扈(ばっこ)により、ほぼ無人地帯と化しているが、一時期、新しい住宅地帯として建設されたプレハブ住宅を目当てに潜り込む浮浪者やならず者もかなりあり、幅広の溝と鉄条網を周囲に張り巡らせて、十数戸の家が細々と闇の中に蹲(うずくま)っていた。

その一軒の戸を開けて、ひとりの男が入って来た。黒いぼろぼろのインバネスをつけた、肩幅の広さばかりが目立つ男であった。

「お帰りなさい」

たてつけの悪いドアの軋(きし)みに気づいてか、奥からエプロン姿の女が顔を出した。

靴を脱ぐ男の背中にゆわえられた鉈へ眼をやり、心配そうに、

「あなた、また、誰かを――」

「なんでもねえよ」

男が答えた。底知れぬ黒い洞窟(どうくつ)から発するような不気味な声であった。

「それより、来な」

女の肩を掴み、押し込むように居間へ通じるドアを開けた。

八畳間の真ん中へ、布団も敷かず女は押し倒された。

唇と唇が重なり、荒々しく舌が絡み合う。狂暴な発作が男を捉えているようであった。黄色い歯

が白い乳房を噛み、なまめかしい太腿に歯形を残すたびに、女は歓喜の声を発した。

女の内腿には、両方とも瘤状に肉が盛り上がっていた。小さな瘤の集合体であった。どの瘤の先端も窪んでいるのは、何かを刺して引き抜いた後に生じる筋肉の凝集作用の結果であった。

男はそこを執拗に噛んだ。噛みちぎらんばかりの力を顎に込めた。

痛い、と女は叫んだ。そこは永久に取れないのよ。早く、早く、他のところを――

男は女を這わせ、後ろから貫いた。熱い秘肉であった。いかせるという強靭な意志を込めて女は尻を振りたくった。

射精する前にはずし、男は女の股間を顔に引きつけて立ち上がった。両肩から生えたような白い脚が期待にわなないた。秘部への愛撫がはじまると、女は自分から男根を摑んで頬ぼった。獣性を剝き出しにした口腔性交は、それなりに激しく感動的であった。

一〇秒ともたず、男は注ぎ込んだ。女の喉仏がエロチックに動いて、二人は床にへたり込んだ。

濡れた秘部も隠さず、しばらく荒い息をついていると、女が身をすり寄せて来た。

「聴きたい？」

玄関で発した問いも忘れたかのような、無邪気な声であった。

「歌か？」

「ええ」

「聴かせてくれ」

女が分厚い男の胸に頬を載せると、唇が開き、蒸し暑い八畳間に澄んだ声が流れはじめた。

〽ふけ行く秋の夜　旅の空の
　わびしき想いに　ひとり悩む

唱歌の詩が女の口から洩れるごとに、天井を見上げる男の眼から凶暴な光が退いていった。代わりに哀しみが宿った。歓びが躍った。寂寥が吹いた。素朴な歌と小さな家の歌い手は、静かに、その持つ本来の役目を成し遂げ、殺人者を平凡な男に戻しつつあった。

〽恋しやふるさと　なつかし父母
　夢路にたどるは　里の家路

男の眼からひと筋の涙が落ちた。

豪腕が女の首を巻き、頸骨さえ軋ませ、抱き締めた。


「離さねえ」と男は言った。「絶対に離さねえぞ」

「行かないわ」と女は言った。「どこへも行くもんですか。あたしたち、二人っきりよ」

鉄条網を張り巡らせた窓の向こうを、優美な影が遠ざかって行った。

4

翌日の昼過ぎ、新宿御苑の一角で、せつらは黒部マネージャーと待ち合わせた。

「どうだった？」

と、気負い込んで尋ねる顔を、せつらはじっと見つめて、

「昨日、一日で、だいぶ痛い目に遭ったらしいね」

黒部の顔はいたるところが紫色に腫れ上がり、世界チャンプに挑んだ四回戦ボクサーのような惨

状を呈していた。

「喧嘩好きの酔っ払い相手に立ち回りが三回、ナイフをちらつかせたチンピラの恐喝屋を三人ぶちのめし、プロレスラーみたいな四人目に殴られた。楽しいとこだな、新宿ってのは」

「区外の人は安全地帯の観光のみに留めておいたほうがいい。餅は餅屋にまかせなさい」

「そうもいかんのさ。こと、しのぶに関しちゃあ」

せつらは陽光の下に繚乱と咲き乱れる植物群を遠い眼で追った。遥かな先――渋谷区との境目を不気味に示す大亀裂の近辺には、正体不明の毒草や怪生物が生息しているというが、かっての新宿門、大木戸門付近を埋める植物群は、陽光の下で見ると、きらめくばかりに美しい。〈魔震〉の施した数少ない善行のひとつだ。

「それほどまでする価値のある相手かな」

黒部が眼を見開いた。せつらの襟元をつかみ、食いつかんばかりの勢いで、

「何か掴んだのか、おい!?」

せつらが、ひょいと指先で拳の上を撫でた。氷のような痛みが走り、黒部は手を放した。しかし、せつらの手には針一本握られていない。

首をかしげたとき、

「この街を出て行くときの顔は三つある」

と、せつらが三本指を立てた。人差し指を折って、

「泣き顔は、一歩足を踏み入れた途端に出て行くとき」

中指を折って、

「無表情は、半年以上たってから」

薬指をゆっくり折って、

「それ以上たつと、親が見ても誰だかわからない。

ここは出て行く街じゃあないんだ」

「人生の終着駅か、そんな歌を後生大事に歌ってた奴がいたぜ。この街にゃふさわしいかもしれんがよ」

「しのぶさんは、終着駅で二年を送った」

「だから、どうした？」

　黒部の形相が険しくなった。熊が牙を剝いたようであった。

「あんた、あいつの歌を聴いたことがあるか？　歌ってのは、ただの音符の羅列（られつ）じゃねえ。この世に生まれる前の魂よ。生かしてくれる人間を待ってるんだ。聴かせてやりたいぜ、しのぶの歌を生でよ。あいつの口から出ると、どんな歌も生きるんだ。生命（いのち）が通うのさ。ビリー・ホリディだろうが、エラ・フィッツジェラルドだろうがメじゃあねえ。歌手ってな、歌を産み落とす奴のことさ。あいつだけが、凰しのぶだけがそうだったんだ」

　黒部の眼差しは遠かった。血まみれになって芸能界を這い上がった男でも、夢みることはあるのだろう。その夢はいま、〈魔界都市〉の一隅に眠っている。

「あいつとおれが、売れねえとき、どんなキャンペーンをしたか、あんた知らんだろ。裸になりゃ売れるってんで、嫌がるあいつを水着にして、日本じゅうの盛り場を回ったんだ。ここだけの話だが、あいつは菓子屋の店先からパンも盗んで来たんだぜ。それでも芽は出なかった。でっかいプロダクションが、しのぶの実力を知って、てめえんとこのアイドル歌手が消されちゃまずいと、大手のレコード会社とテレビ局に圧力をかけたからよ。そいつをはねのけて、ちっぽけなレコード会社から一曲出したとき、おれたちは、ひと晩じゅう、泣き明かしたぜ」

黒部の顔は輝いていた。

せつらはそれを見つめていた。

「好きだったんですね、しのぶさんのことが？」

「そうともよ」

黒部は拳で眼を拭った。光る筋が耳の脇まで来た。

「好きだったとも。惚れてたさ。だがな、断わっとくが、寝てなんかいねえぞ。歌手とマネージャーの仲以外で、指一本触れたこともねえ。おれに関心があったのは、風しのぶって歌手だ。風しのぶって女じゃねえ。あいつは歌を生かせたかった。おれは歌手を育てたかったんだ」

ここで、言葉を切ると、照れくさそうに鼻の頭を掻いて、

「すまねえな。柄にもなく偉そうな演説をしちまった」

「いいんですよ」

せつらは微笑した。

「でも、あんた、いい探偵さんだよ。あっという間に、おれからこれだけ話を引き出したんだからな」

「捜し屋です」

「どっちでもいいさ。おれは——」

せつらの眼が、自分を見ていないことに気づき、黒部は振り返った。

門の方から、数人の黒背広がこちらへやって来る。じき二十一世紀へ入ろうというのに、やくざの服装だけは古式ゆかしさを保っているのだった。

三メートルほど前方で立ち停まると、中央の、柳みたいに痩せた男が一歩前へ出た細っこい金属性のステッキが持ち主とよく似合っている。

「すまんが、そのジャーマネさんを尾けさせてもらったぜ。昨日から、まるで、火事を背中にしょって歩いてるみたいなもんだ。ま、悪く思うなよ」

「昨夜(ゆうべ)のやくざの親分さんかな？」

凶暴剝き出しの五つの顔を前に、せつらが呑気な声を上げた。

「おおよ。竜谷会の来島(くるじま)ってもんだ」

「悪いこた言わねえ、手え引きな――でしょ？」

来島はいきなり笑い出した。屈託(くったく)のない笑い方だった。

「そういうことだ。話が早いぜ、若いの」

「秋せつら」

「そうかい、せつら君。――わかったら、さっさと家へ帰んな。そのおっさんを残してよ」

「いいんですか、ぼくを帰らせて？」

せつらが静かに尋ねた。

その声に、何を感じたか、来島とその配下ばかりか、黒部までが、ぎょっと身体を強張(こわば)らせたのである。美貌はそのまま、せつらの人間性(なかみ)だけが変わったような……。

新たな脅し文句もなしで、来島が後方の手下に顎をしゃくった。

三本の右手が稲妻(いなづま)の速さで閃いた。

スピードからして、筋力の強化手術を受けていたのだろう。一キロ以上あるコルト・ガヴァメントでも、抜くのに百分の一秒もかからない。もぐりの医者でも簡単にこなす手術だ。

銃声はしなかった。鮮血が飛んだ。肩と腕――都合六つの切り口から。

鉄骨さえへし折る強化筋肉で保護された腕は、せつらの操る見えざる刃の前に、苦もなく切断されていたのである。

彼らは悲鳴も上げなかった。もう一本の糸が三人の首に巻きつき、腕に勝る激痛どころか、声も出せなかったからである。

「私を始末したくて、黒部さんの後を尾けたんだろうが。私もやくざを殺したくて仕方がない」

ぼくから私へ、冷たく鬼気迫る口調は、せんべい屋の主人のものではなかった。

「死にたくなければ答えてもらおう。おまえに糸は巻いていないさ。雇い主の名は？」

青ざめた死人のような来島の口が動きかけたとき、

「こら、そんなとこで何をしてる!?」

やくざたちの背後で怒号が湧いた。

制服警官が二名、滴る鮮血に気ついたか、大急ぎで駆け寄って来る。ろくすっぽやらない定時巡回を、今日ばかりは真面目に行なったのだ。新宿の警官らしく、右手はすでに、無反動機構採用のグリズリー四四マグナム自動拳銃を握り締めていた。

「運のいいヤー公だな。二度と私とは会わんことだ」

あくまでも淡々と言い渡し、せつらは黒部の背を押すようにして出口へ走り出した。

5

男は、敵が近づいたことを悟った。

二人だ、と知らせてくれたものは言った。

殺らねばならない。

女は仕事に出ていた。夕方出掛け、夜更けてから戻る。足元がふらつくほど疲労しながらも、男を見ると女はいつも嬉しそうだった。

その顔を見ていたい。——男は痛切に思った。そのときだけ、彼は死と汚辱(おじょく)にまみれた凄惨な人生を忘れることができるのであった。

守らねばならなかった。女と彼自身の平和を。

居間の片隅に置いた鉈を取り、彼はインバネスをひっかけて外へ出た。

遅かったようだ。

敵は道路からつづく石段の下に立っていた。かれらとの間には一〇〇坪ほどの広場が横たわっていた。

左右の一角が共同炊事場で、何名かの女、子供が、彼と敵を交互に見つめていた。大容量のバッテリーとつないだ五基の大型共同炊飯器が、白い湯気を蒼みがかった空へ白布のように昇らせている。

黄昏(たそがれ)どきだった。

敵は二人いた。

ワイシャツの袖をめくり上げた熊みたいな男と、夕映えが氷結したかのような美青年と。

彼は青年を知っていた。

秀麗な容姿の裏に潜む戦慄の技を。

女の顔が浮かんだ。

歌が聴こえた。

守ってみせる。お前はどこへもやりゃしねえ。

熊面が横へ退いた途端、男は左へ走った。

水道台の陰へ入る。

夕映えを光の珠と散らせつつ飛来する鉈を、せつらは見た。

それはせつらの眼前で、目に見えぬロープに弾き返されたかのようにはずみ、黒い布もろとも地面に突き刺さった。

せつらは、無言で水道台の方へ歩き出した。鉈の位置を越え、数歩進むと、奇怪な現象が地に垂れた黒布に生じた。

片々たるそれが、水に垂らした墨汁(ぼくじゅう)のように広がり、インバネスを着た黒鳥のごとき男の姿と変じたのである。

右手が地を這うように滑って鉈へ。

「危ない！」

叫びは黒部の絶叫であったが、重い銀光と化した鉈は、せつらの後頭部で虚しく空中に跳ね、一瞬の間をおきざま、男の肩からぼっと鮮血が立ち昇った。

呻き声を立てたのは黒部ばかりで、炊事場の連中からは溜め息ひとつ上がらない。彼らもまた、〈魔界都市〉の住人なのである。

「同じ手は二度と効かないな」

茫洋とつぶやいたせつらの右手首が、軽くしなった。

糸を巻き取ったのである。

先夜、男の肩口に巻きつけておいた一本を。

太さ千分の一ミクロン——肉眼にはけっして捉え得ぬその糸を、秋せつらは人形使いのごとく操るのであった。その腕が、指がしなやかに躍るとき、糸は緩やかに、あるいは神速でもって敵の身体を切断し、締めつける。そればかりか、確実に敵の身体に触れながら、微細な触感さえも与えず、その行く先へせつらを導くのだ。

彼が眼前に屈した凶人の家を探り当てたのも、このためであった。ひとたび、彼に目をつけられたものは、いかなる場所へ忍ぼうと、逃げおおすのは不可能ではないか。それは、黒部も同様だった。

「傷は塞がるように切っておいた」

せつらは、不思議とやさしい顔と声で言った。

「それまでは右手一本で、あの女（ひと）を守ることになるが、それでも術は使えるだろう」

初めて黒部は、男の傷が左肩であることに気がついた。

せつらを見上げる男の顔から、憎悪の強張りがふっと消えた。

その足元へ、せつらが消毒液のついた止血帯を投げた。

「あの女（ひと）は家にいないようだね。血止めをしたら、仕事場へ連れて行ってもらおう」

「何者だ――おめえらは？」

男が布を肩に当てて訊いた。

「別に。単なる人捜し屋（マン・サーチャー）と依頼人（クライアント）さ」

「何だって？」

声は、せつらの背後から上がった。

ざんばら髪の太った女が、腕まくりしながらやって来た。その後にも、険悪な相（かお）の女と子供たちがつづいている。手に手に持った包丁やスチール・パイプなど、せつらにとっては物の数ではあるまいが、女たちの気魄（きはく）には、眼前の奇怪な勝負の不気味ささえ喪失させるひたむきなものがあった。

男をかばうようにして、せつらの前に立つ。

睨みつける瞳が、せつらのそれに合うや、たちまち力を失った。

せつらの容貌は、感情の激昂（げっこう）が沸騰（ふっとう）点に達している女さえ、おだやかな審美家に変えてしまうのであった。

「どうかしましたか？」

と、せつらが静かに訊いた。

「どうかしましたか、じゃないよ！」

前列の不甲斐(ふがい)ないそぶりに業(ごう)を煮やした後方の女が叫んだ。

「あんた、カナちゃんを連れ出しに来たんだろ。誰がおめおめと渡すもんか」

「連れて行きたきゃ、あたしたちの首をちょん切ってから行くんだね。ふん、ちょっと顔の造作がいいからって、のぼせるんじゃないよ」

「帰れ、人捜し屋！」

それを合図に帰れ帰れの大合唱(シュプレヒコール)がはじまった。

せつらが困って頭を掻くと、わあ、可愛いという声も上がったが、たちまち横面(よこつら)を張る音が聞こえて粛清(しゅくせい)された。

合唱に楔を打ち込んだのは、熊の怒声だった。

「黙らんかい、このもと女ども！」

さしもの女丈夫(じょじょうぶ)たちが、しん！　と鳴りをひそめた真ん前へ、黒部の巨体がずいと立ちはだかった。

「いいか、そのカナという女が、おれの捜してる女かどうかは、まだわからねえ。いい年かっくらって、ブーブー豚みてえに騒ぎ立てるんじゃねえ!!」

「何ぬかしやがる、この熊野郎」

とすぐ応答があった。

「あの女(こ)に決まってるじゃねえか！」

「あんないい娘(こ)を連れて行かせやしないよ！」

「あの歌を持って行かせてたまるもんか！」

「歌だあ!?」

黒部が吠えた。広場じゅうを揺るがすような力がこもっていた。

「歌だ？　歌？　――やっぱり、そうか。そいつぁ、しのぶだよ。おまえらだって名前ぐらい知ってんだろ。歌手の風しのぶさ」

　わけがわからず、呆気に取られた女たちは、突然、熊みたいな男の顔に、涙が溢れるのを見た。

「いたのか。ここに。やっぱりいたんだなあ。いりゃあいいんだ。生きてりゃいいんだ。あんたたち、あいつを守ってくれてたんだな。ありがとうよ、ほんと、ありがとうよ」

　黒部は頭を下げた。何度も何度も下げた。そのたびに、顎から光る粒がこぼれ、地面に小さな穴を穿(うが)った。

「だけどよ、あいつは根っからの歌手なんだ。歌うために生まれてきた歌姫よ。おりゃ、もう一度、あいつをステージに立たせてやりたい。本物の歌い手は、たとえ五十年歌わずにいても光るんだって見せてやりてえんだ。な、頼むよ、教えてくれ。あいつの居所をよ。あいつは歌が生命(いのち)なんだ。ステージが故郷(ふるさと)よ」

　明らかに女たちは動揺した。見合わせる顔はやさしさであり、黒部を見つめる眼は感動であった。

「いいじゃないのさ」

　誰かがぽつりと言った。

「カナちゃんだったら、この街から笑って出て行けそうじゃないか」

「そうだよ、そうだよ」

「ねえ、あんた、もう二度とここへは戻って来ないようにしてやってよ。ほんとだよ。約束だよ」

　黒部はうなずいた。うんうんと頭を振った。

「お待ちよ、みんな」

　ひとりが気づいたように言った。

　肩を押さえて立ち上がった男に視線が集中した。

「――どうなんだい、凶(きょう)さん？　あんたの気持ちは？」

「ついて来な」

凶は、出入り口の鉄門の方に顎をしゃくった。

三人は倒壊した商店街の跡へ出、少し歩いた。

「もうよしなさいよ」

涙を拭う黒部へ、せつらが仏頂面で言った。

「へっ、見破られたか」

黒部は歯を剥き出して笑った。先導する凶に聞こえぬよう低い声で、

「四の五の言っても、しょせんは女だ。男とは頭の毛の数が違わあ。無理に連れてくと寝覚めが悪いが、これで大義名分が立つぜ」

せつらは苦笑した。

芸能界きっての敏腕マネージャーにとって、本心と涙は別ものなのであった。

6

商店街の端まで来ると、凶は二人を、廃墟を利用した一軒の店へ導いた。

針金と強化接着剤で固めたひび割れだらけの階段を下りると、木製のドアが立ちふさがった。夕闇の濃い踊り場に、隙間から光が落ちている。

凶がドアを押して、細い筋をつくった。

黒部とせつらが覗き込む。

紫煙と安酒の匂いを嗅ぐまでもなく、河田町の住人相手の安酒場だとわかった。

木づくりだのスチール製だの、形も大きさもちぐはぐな椅子とテーブルは、鈴なりの人々で埋まっていた。

頭頂が突き出た非合法エスパー、裸の上半身に

金属メカを露出したサイボーグ、膝の自動小銃を隠しもしない凶暴そうな無頼漢。どいつもこいつも、トラブルの種を求めて群れ集ったような輩ばかりだ。

部屋の奥にしつらえられた壇と背後のカーテンは、ひょっとしたらステージだろうか。

しかし、こんな客ども相手では、どんな秀れた芸人だろうと、二秒ともたず蜂の巣にされるのは目に見えている。

「おい、まさか」

興奮した黒部の声を、せつらが抑えた。

「静かに。じき、ステージがはじまりそうだよ」

数分後、カーテンをひっそりと揺らして、ひとりの女が壇上に立った。

「あれは――」

黒部が息を呑んだ。

「しのぶか――いや、違う。あんな、おめえ――いや……そうだ……しのぶだ」

せつらも無言で女を見た。

血の気を失いざらついた皮膚は、店内の貧しい照明に青黒く光った。腰までかかる黒髪の豊かさは、半分以上が脱け落ちた地肌の不気味さをあがなうためであった。異様に肥大した関節も厚ぼったい瞼も、恐るべき麻薬の症状を満場の瞳にさらしながら、しかし、美しい歌姫の面影を絶ち難く留めていた。

風しのぶはステージに立っていた。

「あの娘は、失踪した晩、敵対する大手プロダクションの連中に麻薬を射たれたのさ」

凶が、疲れたように言った。

「ただの麻薬じゃねえ。新宿仕込みの凄えやつだ。一発であの姿よ。奴ら、それだけじゃ足りなくて、新宿へ放り込み、麻薬漬(づ)けにしやがった。挙句に、歌舞伎町で、競売(せり)にかけたんだぜ、あの麻薬に身体が慣れると、別の薬(やく)を射って石みたいに硬くできる。それを買いあさってる変態どもに高く売りつけるのさ」

「野郎……」

黒部が低く呻いた。

せつらは無言だった。闇が顔の表情を溶かしていた。

「それを救けたのが、富永の野郎だ。奴はもっと変態でな。おかしな趣味を満足させるためにカナを連れて逃げたんだ。毎晩、毎晩、違う男や獣とやらせたらしい。カナはそこも逃げ出した……」

「それを彼が救ったんだ」せつらが静かに言った。

「少なくとも、新宿では理想的な保護者でした。あの鉈の技を防げる奴はいなかったし、何よりも、カナさんを追いかけてたやくざどもの、区外地での秘密をいくつも握ってた。いくら新宿のヤー公でも、区外でやばいことをしたとなれば、機動(コマンド)警察(ぽりす)の特捜が動く。で、飼い殺しにする気で二人を見張ることにした。——これは昨夜、凶さんの身元を洗ったとき、調べ上げたことだけれど」

「なぜ、そこまでしのぶを……」

「大手プロにしてみれば、吹けば飛ぶよな二人組が、一大勢力にのし上がるのが、よっぽど腹に据えかねたんだろうよ」

と、凶が言った。

「それに、カナに薬を射ったのは、そのプロダクションの社長なんだ。あんたに連れ帰られちゃ、たいへんなことになる。おれに、あんた方と富永のことを教えたのも奴らさ」

「くそ外道めが」

沈黙が闇を領した。

怒りのためか、哀しみのためか、ドアの隙間から響いてきた透き通るがごとき歌声のせいか。

三人の男たちは黙って耳を傾けた。

鈍い音が、せつらと凶の眉をひそめさせた。

黒部が拳を目の粗いコンクリートの壁に打ちつけているのだった。音が連続し、壁に黒い液がっいた。

「よせ」せつらが止めた。「どうしたんだい?」

「畜生め、畜生」

黒部はすすり泣いた。広場で女たち相手にこぼした涙と同じ、それでいてまったく違うものが頬を伝わった。

「顔はいい、顔なんざどうにでもなる。世界が買えるだけの金を積んでも元どおりにしてみせる。だけど——声が、声が違うんだ——ありゃ、しのぶの声じゃねえ」

「発声器官も麻薬にやられたんだ」凶がつぶやくように言った。「一度つぶれると、どんな手当てしても治らねえ。奴ら、それも見越して使ったのさ」

「死んじまった、おれの歌姫が……ほんとうに、死んじまった……もう、客の拍手もねえ……」

黒部の下半身が崩れ、彼は石壁を抱くようにして床にへたり込んだ。

逞しい肩が震えた。いつまでもそれがつづくかと思われたとき、せつらが肩に触れた。

「客はいるさ」

と、彼は言った。

黒部が眼を開け、のろのろと立ち上がると、隙間に顔を押し当てた。

その表情は見えない。しかし背後の二人は、黒部の満面に溢れる歓びの色を確かに見た。

凶暴無惨な客たちが、涙を流しているのだった。

拍手も送らぬ客たちであった。

しかし、いま、紹介もされぬ歌手の歌う、曲名も定かならぬ歌を聴きながら、彼らの頬には光るものがあった。

曲が終わった。

誰かが手を叩いた。それは小波（さざなみ）のように渡り、薄汚れた狭隘（きょうあい）な空間を、手を打ち鳴らす怒濤（どとう）で埋めた。

風しのぶ——真実（まこと）の歌い手は、いかなるステージでも歌い手であった。

「ステージはあるよ」

と、秋せつらが言った。「外にはない、風しのぶのステージがある。故郷が。拍手を送る観客が」

「おれにまかせてくれねえか」

と、凶が心のこもった声で言った。「この街にいる限り、あいつはおれが守ってみせる。誰よりも大事にする。もう二度と声はなくさせねえ」

せつらが黒部を見た。

黒部はうなずいた。

ふっ、とせつらが動いた。

「ここにいろ」

と、言い残し、軽やかに階段を昇る。

少しして、彼が見つめる闇の彼方から、一台のガス・タービン車が近づいて来た。低音走行が売りもののこの車のエンジン音を、振動を、せつらは地下で捉えていたのだろうか。

即製の、ちらつく青いネオン光の下で、ドアが開き、五つの影がまろび出た。車を楯に、その後方へ。

来島を除く四人の黒背広の手には、火炎放射器が光っていた。

「そこをどきな」来島がステッキをせつらに向けて命じた。「用があるのはあの女(あま)と亭主だ。おめえじゃねえ」

「わからん奴だ」

せつらは飄々と言った。

声も容姿もそのまま、人間性(なかみ)だけが変わりつつあった。——魔人へと。

「ぼくと——私と二度と会わぬように言ったぞ。楽に死ねると思うなよ、屑(くず)ども」

せつらの視界を、毒々しい紅(くれない)が埋めた。火炎放射器の熱気が頬を叩くより早く、せつらは宙(ちゅう)に舞っていた。頭上にそびえる鉄骨の一本に、特殊鋼の糸を巻きつけてあったと知るものはない。右手がしなり、死の糸を放った。

火炎放射器の二撃目を送る暇もなく、男たちの頭は脳天から裂けた。楯にした車ごと。チタン合金すら切り裂く細糸の仕業であった。

だが、振り子のごとくはねて遠方へ着地したせつらもまた、ぐらりとよろめいた。

炎に気を取られた一瞬、来島のステッキから、ある一弾が圧搾(あっさく)空気で左脇腹へ命中したのである。

心臓への直撃をかわしたのは、せつらならではだが、来島は隠れたドアの陰から身を乗り出しつつ大笑した。

「そいつはな、食肉虫の卵のカプセルよ。どこに射ち込んでも三秒でかえり、まっすぐ内臓へ行く。ちょっと痛いぜ。楽に死ねねえのは、おめえのほうになったな」

短い言葉の終わらぬうちに、すでに恐るべき卵がかえったのか、せつらは腹を押さえて呻いた。

呻きながら、眼の前で右手を振った。振った右手を、今度は足元の瓦礫を撫でるみたいに動かし

た。

せつらの右手の先に、一瞬、無数の光る点を見たような気がして来島は眉をしかめたが、何も持たない右手を美青年が口元へ持っていったことには驚かなかった。彼には必殺の自信があった。数匹の食肉虫はとうに数百匹に増え、五分とたたぬうちに、美しい魔人を皮をかぶった白骨に変えるはずであった。

せつらの口から煙が立ち昇った。

彼は右手を引いた。美しい口腔の奥から、何か黒っぽいものが溢れ出たのを見て、来島の眼がかっと剝き出された。それは黒焦げにされた無数の虫の死骸であった。

「腹の中身を灼かずに、虫だけ焼き殺すのに苦労したよ」

来島は茫然と立ちすくんだ。極微の糸をさらに数千本に細分し、いかなる超技術でもってか、石面にこすりつけて点火したまでは納得できても、それを一気に食道から腹部へ送り込み、内臓には一点の傷をつけることなく、妖虫のみを灼き殺した秘技までは理解の外であったろう。

すでに死の色に染まったやくざの顔へ、秋せつらは妖気ただよう微笑とともに、死の糸を振り下ろそうとした。

午後の陽光が錆(さ)びを結んだ鉄の表面を、白々(しらじら)と染める巨大な橋桁(はしげた)のそばに、二人の男が立っていた。長大な地割れで隔離された新宿を区外と結ぶ三通路のひとつ、四谷ゲートまで、黒部を送って来たせつらである。太平楽な顔つきだ。

「世話になったな。約束の礼だ」

黒部は、せつらに紙封筒を手渡した。

「厚すぎるようだ」

「いいから、取っとけ、ボーナスだ」

「どうする、これから」

「外へ出たら、例のプロダクション相手にひと悶着さ。こっちにゃ証人を押さえてあるんだ。四の五の言わさねえ」

「あなたに救けられるとは、来島も運のいい奴だ」

「その代わり、たっぷり利用させてもらうさ。新人の売出しにな」

「新人？」

せつらの眉が寄った。

「そうか、まだ紹介してなかったな。おい、出て来な」

橋桁の陰から現われた白いワンピース姿を見た途端、せつらの口がぽかんと開いた。

「うちの秘書じゃないか！ ——今日、休むというから、何の用かと思ったら」

「すまんが、秘書は廃業だ」黒部は軽くウインクして、「これからは黒部歌謡オフィスの看板スターよ。奴らのシェアを利用してたっぷり稼がせてもらうぜ。いつの日か、しのぶに負けねえ大歌手に育つかもしれん」

「これじゃ少ない」

封筒を見ながら憮然(ぶぜん)としてつぶやくせつらの肩を、黒部は強く叩いた。

「あばよ、達者でな」

黒部が手を振り、少女が頭を下げて——二人は橋を渡りはじめた。

二つの後ろ姿を見送るせつらの表情は、凄愴な魔人の面影を、わずかも留めていなかった。

仮面の女（ひと）

1

新宿・歌舞伎町は、あの〈魔震（デビル・クエイク）〉に際しても比較的被害が少なく、〈魔震〉後もいち早く復興を遂げた歓楽街である。

すでにX年前、馬鹿げた風俗営業法は廃止され、破壊前も殷賑（いんしん）を極めていたが、復興後の繁栄はさらに凄まじく、そこに一度地獄を見た諦観（ていかん）と自暴自棄が加わったため、新生の街は、刹那の極みともいうべき不浄な快楽色に塗りたくられていた。

五〇〇メートル四方に一千軒の店数は、〈魔震〉前をはるかに凌ぐ。

バー〈ハロウィン〉は、新宿コマ劇場裏手に毒々しいネオンをきらめかす、そんな店の一軒だった。

その若者が入って来たとき、五坪ほどの店内は客がゼロだった。夕闇がそろそろ蒼みを帯びはじめる宵（よい）の口ということもある。店自体の評判がこのところややや芳（かんば）しくないこともある。

いいカモが来たとばかり、舌舐めずりを隠して立ち上がった三人のホステスの顔が、とたんに茫洋と霞んだ。

新参の客は、精緻（せいち）な彫刻に生命を吹き込んだような美青年であった。

「正面からご免なさい――真弓さんはいらっしゃいますか？」

おっとりした声も美貌にふさわしい。

三人は顔を見合わせた。

いちばん平凡な顔つきの女が、

「あたしだけど」

と言った。困惑と期待の入り混じった顔の色だった。

　若者はうなずいた。黒いハーフ・コートに同色のタートルネックとスラックス――黒ずくめが気障（きざ）にならないのは、美女顔負けの美貌にどこか茫洋たる翳が浮いているからだ。

「あ、ぼく、秋せつら。秋DSM（ディスカバー・マン）――人捜しセンターの所長です。唐木（からき）さんから、例の写真の人を見かけたって聞いたもので」

「ああ――そのこと。でも、あんたが探偵さん？」

「いえ、人捜し」

「似たようなものよ」真弓はくすりと笑って「でも、堂々としてるわね、仕事場に正面玄関から入って来るなんて」

「性格で」

「仕事中よ、真弓」

　三人の中で一番若い――十八、九に見えるホステスが嫌味ったらしく言った。耳の下の皮膚が妙にたるんでいるのは、人造スキンの接合がうまくいかなかったか、安物を使ったかだ。実際の年齢は四十に近いだろう。

　もぐり手術なんでもござれの医者なら歌舞伎町に二〇〇人はいる。この街では人間の年齢さえ信用できないのだ。

「いいじゃない、ちょっとだけ、ね」

　二人に軽く手を振り、真弓はせつらの方を向いた。

「ねえ、一杯飲んでってよ、お客さん」

「それじゃ、ソーダ水。シロップ多くして」

　カウンターの向こうで、バーテンが肩をすくめた。

　真弓は、せつらを店の隅のテーブルに導いた。

「あの写真の女（ひと）なら、確かに知ってるわよ」

「ほう、どういうルートで？　仕事仲間とか？」

「私がいた、前の店のね。当時は、綾子（あやこ）って名乗ってたわ」

「間違いない？」

せつらはコートのポケットに手を突っ込み、一枚のコピー写真（フォト）を取り出した。四つ切りの画面いっぱいに微笑む美女を見て、真弓が眼を丸くし、それからうなずいた。

「間違いない。綾子よ。でも――」

「でも、どうしたの？」

「ちょっと厄介ね。この子、千波組の組長の愛人よ」

真弓が驚いたことに、せつらはわざとらしく天を仰いで嘆息した。この街で人捜しを職業としながら、千波組の恐ろしさを知らないでは済むはずもないのに。

「でも、やくざでしょ」

あっけらかんと言った。

「金で解決するよ。この街の流儀に従ってね。この間、実の母親が三カ月の赤ん坊を五〇万でもぐりの生体改造医に売った。ホルモンを採るらしい」

真弓は黙ってせつらを見つめた、憎しみと諦観めいた色に埋まった瞳で。

「若いのにビジネスライクが好きなようね。幾ら出すの？」

「あなたに言ってもはじまらない」

「お金が要るのよ。居場所を教えた謝礼の五〇倍くらい」

せつらは肩をすくめた。真弓はつづけて、

「知ってるでしょ、千波組長は滅多に人前に出て来ないの。五年前、喧嘩で下半身を麻痺させられてから、四丁目の事務所を要塞（ベトン）に改造して暮らしてるわ。綾子もきっとその中よ」

ようやく、青年の美貌が曇った。

「そいつは、困った。奴の事務所へ連れ込まれて帰って来た女性はいないそうだからな。早めに手ぇ打たないといけない」

「私が案内してあげる」真弓が真顔で言った。「明日の晩、外から女たちを呼んで乱交パーティがあるのよ。子分たちの女房や、身元の確かなホステスたちがメンバー。私もその中のひとりなの。出入口をチェックする男に鼻薬（はなぐすり）を嗅がせて、あなたを入れてあげる。後は私も一緒に連れ出してくれれば、ひとりで逃げるわ」

「複雑すぎる。金で解決するよ」

せつらは極めて論理的な発言をした。

「ねえ、情報提供料一五万だったわね。その五倍でいいわ」

「結構。それより、彼女の住所、知りませんか」

「残念ね、それほど深い仲じゃなかったのよ」

せつらはポケットに手を突っ込み、茶封筒を取り出すと、真弓の前に置いた。

大店の若旦那みたいなおっとりした美貌が、にこりと笑って、

「危（やば）いことには首を突っ込まないことさ。一五万でも貯金はできるが、一五〇万あっても生命（いのち）は買えない」

真弓は不思議そうにせつらを見た。

「心配してくれてるの？」

「さよなら」

それだけ言って、黒いコート姿はドアの向こうへ消えた。

六つの視線が異なった方向からテーブル上の封筒に注がれるのを感じながら、真弓は閉じたドア

を見つめていた。

2

新宿一の人捜し屋（マン・サーチャー）と自称する秋せつらのもとへ、その男がやって来たのは二日前の夜である。

出迎えたせつらが、思わずドアの向こうで「へえ」と口走ったほど、依頼人（クライアント）の外見は素晴らしいものだった。

高貴な血の歴史を伝える白皙（はくせき）の顔は美しい口髭（くちひげ）をたくわえ、カシミヤのチェスターフィールド・コートは、磨き上げた靴皮に負けず劣らず、せつらの顔と和風六畳間のオフィスを映しそうであった。

「妻を捜してくれ」

せつらの用意したせんべいと番茶に目もくれずにそう言い、男は勝又（かつまた）と名乗った。

「区外の方で？」

「当たり前だ。こんな汚らわしい街の空気など呼吸もしたくない。費用は幾らだ？」

「一日二万と実費です」

「四万くれてやる。その代わり倍働いてもらおう」

せつらはきょとんとして

「かまいませんが――実費は？」

「もちろん払うとも」

「承知しました。では、区外の方が汚らわしい街へやって来られた理由を伺いたい」

「その前に――」

と勝又氏は、淡いブルーの丸首セーターとジーンズ姿のせんべい屋を、不遠慮に眺めながら言った。

「どう見ても、この街一の人捜しになど見えん。

せんべい職人がいいところだ。高い金を払う依頼人を安心させてもらおうではないか？」

「はあ、どうやって？」

「決まってる。腕っぷしだ」

「でも、相手が」

せつらの声は、あくまでものんびりしている。

誰が見ても、勝又氏の指摘が当たっているとうなずかざるを得まい。

「外の車にわしのボディガードを残してある。もと警視庁の格闘技教官だ。行って立ち合え。わしはここで一〇分待つ。その間に帰って来ればよし、さもなければ依頼はキャンセルだ」

「いいですよ」

自分で入れた番茶をうまそうにすすり、秋せつらは散歩にでも行くような調子で立ち上がった。

「秋せんべい店」の内部にあるオフィスの出入り口は、家の裏に当たる。

ガラス戸が閉まり、再び開くまで五分とかからなかった。

出て行ったときと寸分変わらぬ眠そうな表情で戻って来たせつらを、今度こそ勝又氏は驚きを隠さずに見つめた。

「見事なものだ、と賞めておこう。正式に依頼する。これが妻の顔と資料だ」

そして彼は一枚の写真と封筒を取り出し、妻の優子だと告げた。

一回の依頼で二度驚いたのは、せつらにとっても滅多にないことだった。

写真の人妻は、眼を見張るどころか、妖気さえ漂うような美女だったのである。

「美ってな物騒なものですよね」

茫然とつぶやくせつらを尻目に、勝又氏は、

「一カ月前、自宅から火が出た。わしは仕事の関係で留守だったが、仕事場は全焼し、家内の姿も消えた。死んだのではない。近所のものが、家を出る姿を目撃しておる。八方手を尽くした結果、この街へ入るのを見たものが三人いた。あの顔だ、見間違えるはずがない」

「ごもっとも」

「妻はわしのものだ。とても美しいとは言えんが、まだ改善の余地はある。何としても連れ戻してほしいのだ」

憑かれたような瞳と震える肩を見ながら、せつらは、

「よくわかりました」

と言った。

「もうひとつ。奥さんはなぜ、この街へ？――おっしゃりたくなければ結構ですが」

勝又氏は眉をひそめ、すぐ、

「わからん」

と言った。

「家内もわしも、家庭生活は充分満ち足りておった。家を捨てる理由がない。火傷(やけど)でも負ったのなら別だが、目撃した奴らは、ひとり残らず、染みひとつなかったと断言しておる。それがなぜ……よりによって……」

新宿などへ来たのか。

不幸しか生まない都市へ。

泣きながら入って、笑いながら出て行く者のけっしていない都市へ。

魔界都市〈新宿〉へ。

「承知しました」

と、秋せつらは言った。

「奥さんは責任をもってお連れします。どんな形

であろうとも」

と、不気味とも取れる言葉を吐いてから、

「最悪の場合取り引きが必要になります。幾らまでご用立て願えますか？」

「相手の言う値だ」

「はあ、もうひとつ。料金は六万いただきます」

「どういうことだ？」

「好き好んでこの街へ来る者はおりません。逆に言えば、ここへ来るだけの理由さえわかれば、行き先を捜すのは、ある意味で簡単です。それがわからぬ以上、料金は三倍になります。規定でして」

「好きにしろ」

ののしり声を残して勝又氏は立ち上がった。

「それから、あの、ご職業は？」

「言わねばならんのか？　住所も籍番号もその封筒に入っておる」

「はあ」

それきり黙って勝又氏はオフィスを出た。

少し離れた大通りに停車中の車に近づき、すぐそばの地面に散らばっているものを見て、彼は美しい眉をひそめた。

鋭利な刃物で裁断した布切れは、ボディガードが身につけていた衣類に間違いなかった。

「コートと上衣とズボン……パンツまであるぞ――靴と靴下だけで、奴、何処へ行った？」

何かに押されたように、勝又氏は秋せんべい店の方を向き直った。冷酷とさえ見える瞳は、初めて、恐怖の色に満ちていた。

勝又氏が出て行くとすぐ、せつらは押入れの扉を開け、中に入っている大容量複合コンピューターのキイを叩いて、スクリーン上に記されたデータを読み、さらにコピーしたものに眼を通した。コンピューターは、天井に仕掛けた超小型のビデオ・アイと連動している。

少しして、勝又氏に勝るとも劣らぬ美貌を歪めて、

「ふむ……面(めん)つくり？」

とつぶやいた。

3

新宿職業安定所近くの煙草屋で、せつらはバイクを停めた。

二年前に出たカワサキの七五〇(ナナハン)CC・DX7の改造バイクである。後輪の両脇——エグゾースト・パイプの上に、もう一本ずつ、平べったいノズルみたいなものがついているのが印象的だった。

小さなガラス戸に近づくと、白髪の老婆が居眠りをしていた。

軽くガラスを叩いた。すぐ顔を上げ、眼をこすりながら、にこりとした。

「らっしゃい。しんせいかね、ピースかね？」

「セブンスターってとこだな」

せつらも笑い返した。

「千波組のベトンと連絡を取りたい」

「おやすいご用さ。マイルド・セブン三つだね」

せつらはポケットから数枚の札を取り出し、二枚ほど抜いて、老婆が細目に開けた窓から内側へ落とした。

それに眼もくれず、

「確かに」とうなずき、老婆は左手の人差し指を軽くこめかみに当てた。「周波数は七四八二メガサイクル。コールナンバーは二〇〇九の四じゃね。あんたの超短波無線器で何とかなろうが」

「ありがとう」

　せつらはウィンクした。

「なんの、気いつけてな。千波のとこには大出力のレーザー砲があるよ。炭酸ガス応用だが、接触面は六〇〇〇万度まで八千分の一秒。ビルでも切るね」

「切るなら、こっちもお得意さ」

　そう言って、せつらはバイクに戻った。

　少し行って、思いきりふかす前に振り向くと、老婆は例のごとく、居眠りの続きを実行していた。

　顔よりも多い脳細胞の皺に、新宿のあらゆる情報が詰め込まれていると言われる老情報屋であった。

　一五〇歳を超える年のせいか、最近は開店休業だが、どういうわけか、せつらとはやたら気が合って、求めるままに必要な事柄を教えてくれる。


　二分ほど走らせ、バーの廃墟で車を停めると、せつらは、ハンドル軸に磁石でくっつけてある多用途無線器を手に取り、老婆の言った周波数に合わせた。雑音が消え、電波が握手して、

「なんでえ？」

　交信ルール無視の凶々しい声が聞こえた。

「千波様のベトンで？　こちら秋と申しますが」

「今はもう冬だぜ――悪い冗談はよしな」

「秋せつらだ」

　低い声で答えたとたん、遥か彼方の声は凍りついた。

「ご、ご用件は？」

「そちらに、綾子さんという女性がいるはずだ。こちらへ引き渡してもらいたい。いや、本名かどうかわからん。ただし、この世ならぬ美女だ」

「――わかりました。少々お待ちください」

数秒後、ずっと野太い声が、

「千波だ。久しぶりだな、せつらさん」

「お久しぶり。で、どうかな？」

「ふむ。ひとり該当するのがいるよ。ただし、手放すのはまた別だが」

「そこを何とか」

「よし、話し合おう。これからすぐでどうだ？」

「結構ですねえ。いま、職安のそばにいます」

せつらは詳しい場所を伝えた。

「わかった。すぐ、若いもんをやる。安心しな。おれはそうそうあこぎな真似（まね）はしねえよ」

「そう願います」

待つほどもなく、黒塗りのセダンが一台、廃墟の前の通りに停車した。

屈強な男たちが四人降り、

「来たぜ。いるのか？」

と、サングラスの男が訊いた。

「もちろんだ」

廃墟のドアの陰から、せつらの声がした。

サングラスがにっと笑った。

ひょいと四人揃って車の脇にのく。

サイド・ウインドから、直径一〇センチもある暗い穴がのぞいた。

多用途ミサイル・ランチャー〝バーサーカー〟である。七〇ミリ赤外線誘導ミサイルは、米軍制式戦車M1エイブラムスさえ一撃で微塵に粉砕するという。射程距離は七キロ。鈍足重厚をもってなる戦車にとって夢魔にも等しい恐怖の武器である。

「さ、おとなしく出て来なよ、兄ちゃん」

サングラスが落ち着き払った声で言った。

「どこへも行けやしねえぜ。バラバラになる前に出ておいで」

「あいよ」

思わず四人が眼と眼を見交（みか）わしたほど、素直な返事だった。

　待つほどもなく、長身の影が姿を現わした。

　外は闇に覆われている。

「幸い、ここは廃墟ときてる。——今、片づけてやるぜ、おっと、それ以上近づくな。おめえ、変な技を使うそうじゃねえか」

　男たちの右手に拳銃が光った。ほとんどがＵＳＡ直接購入のＳＷ（スミス&ウエッソン）やコルトである。マフィアの仲介によって、本場の品が日本へ流入しはじめてから十年を超す。今では三下（さんした）までがコルト・パイソン・３５７マグナムなどという高級リボルバーを振り回す時代だ。

「困ったな。ぼくは穏便（おんびん）に金で解決したかったんだけど。おたくの組長とも知らぬ仲じゃなし」

　両手をだらりと垂らしたまま、せつらは悲しそうな声で言った。何を悲しんでいるのか、やくざたちは誤解した。

「そうかい、おれたちゃ聞いてねえぜ。——安心しな、おれたちも穏便にやるさ。ただし、おめえ相手じゃなく、直接、出資者と交渉してな。さ、すんなり依頼人の名を吐いちまいな」

「尻の毛まで抜く気かい」

　典雅な美貌にあるまじき台詞（せりふ）を洩らすと、せつらはうつむいた。

「できればそうしてもらいたい相手だが、それではぼくの面子（めんつ）が立たない。嫌だと言ったら、そのミサイルを使ってみるかね？」

「笑わすな。てめえみてえな餓鬼に、一発一〇〇万もするミサイルを使えるかよ。おれたちがこってりしごいてやらあ。若いのの尻の穴に何か突っ込みたくてうずうずしてる奴がいるんだぜ。すんなり吐きゃあ、この場で楽にしてやるよ」

せつらの肩が震えた。うつむいたまま笑っているのだと気づいたとき、冷酷無惨な極道たちの背筋に、初めて冷たいものが流れた。

凄まじい激痛が肛門を走り、男たちは全員、引金を引くことも忘れてのけぞった。

いつの間にか上がったせつらの顔には、微笑が浮かんでいた。

美しい死神の笑みが。

外見はそのまま、人間性が変わった。

「尻の穴が好きなのは、お前たちだけではない」

氷柱さえ凍りつきそうな声に、やくざたちは痛みも忘れて若い敵を見つめた。

せつらとの間には何もなかった。彼は身動きひとつしない。それなのに、肛門から腹腔にかけて、男たちは針を打ち込まれたような激痛に呻いたのだ。

そのとおりだった。

彼らの尻から腹の中まで、じつは直径千分の一ミクロンにも満たぬ特殊鋼の糸が侵入していたのである。

それを操るのが眼前の若者の指だとはわからず、胃も腸もズタズタに切り裂かれて、サングラスを除く男たちは地に伏した。口と鼻から洩れる鮮血が大地を濡らしていく。

「何をしてる――射て！」

と、車の窓から〝バーサーカー〟の射手に命じたのは、激痛のあまり、半ば頭が溶けていたからだが、一基四千万円もするそのメカが、真ん中からミサイルごと真っ二つに切断されて地に墜ちたのは、正気の人間でも発狂するような光景であった。

むろん、せつらの糸の仕業だ。

「こうなれば意地だ。おまえに案内させようかと思ったが、私のほうから出向いてみせる。パーティーは明日だったな。余計な招待客に気をつけるがいい。さ、それだけを伝えろ」

そして――

三〇分ほどしてオフィスへ戻ったせつらは、郵便受けに白い封筒を見つけ出してにやりと笑った。

「ご招待状……か。やくざの親分、下手に出てきたな」

4

眩い光の下で、熱い女体が蠢いていた。

五〇畳ほどの、絨毯を敷きつめた部屋で、おびただしい男女が重なり合い、肉の官能に溺れているのであった。

肉と肉のこすり合う音に、身も世もないといったすすり泣きや、悩ましい呻きが混じって、そこに、どうやら官能刺激剤らしい甘酸っぱい香りが加わり、集まった男も女も、一匹の獣と化して情交に励んでいた。

尻を抱えられた女がいる。口腔性交に励む女がいる。女の性器を食らいつづける男、用意された鞭で裸身をはたく男……そんな中にあって、部屋の中央に設けられた三メートル四方ほどの強化ガラスのドームだけが、異彩を放っていた。

集まった女たちの中でもひときわ美しく肉感的な女が、豪華なベッドに横たわった痩せぎすの男の股間に顔を埋め、奉仕をつづけていた。

しごき抜くように頭が動き、黒髪が乱れるたびに男はのけぞり、獣のようなよがり声を洩らした。

新宿一帯に縄張りを持つ千波組組長・千波藤吉である。

手許のインターホンが鳴り、来客を告げた。

「通しな」

言うと同時に、部屋の自動ドアが開き、入って来た青年の美しさに気づいてか、淫らな声は潮のように退いていった。

女の情欲と男の敵意みなぎる視線に全身をさらしながら、秋せつらはどこか子どもっぽい笑みを崩さず周囲を見回した。

入り口の周囲に立つ四人の男たちだけはガード役らしく、黒背広に身を包んでいる。性欲減退剤を服用した眼は妙に虚ろだった。

「よく来なすったな。秋さん」ドームのどこかに仕掛けたマイクから、千波の声が響いた。「昨日、うちの若いのがおかしな真似をしたそうだが、ま、勘弁してくんな。あんたを甘く見た罰は充分受けただろうしよ。それにしても、よく来てくんなすった。顔もいいが度胸も半端じゃねえ」

「お世辞は結構」

と、せつらはにべもなく言った。それでも四方から見上げる熱い視線が気になるのか、眼はちらちらと白い女体へ注がれる。

やくざの女房とホステスたちである。どの女も美貌と肉体は保証つきだ。

「僕はビジネスに来た。そこから出て来てくれないか」

「悪いが、そうはいかねえのよ。ご存じかどうか知らんが、あんたと組んだ事件の後ですぐ、足に一発ぶち込まれてな。以来、わしゃ、無性に死ぬのが怖くなってな。こうでもしなきゃ、他人と口もきけん。ま、こらえてくれや。——で、幾らだい？」

「五〇万。それ以上はビタ一文出せんそうだ」

「ほっほっほ。そりゃ困った。なんせわしゃ、この女が気に入っとるでな。見な、これほどの美人やで。少なくとも、その一〇倍は貰わんとな」

ベッドの上で全裸の女が立ち上がり、ガラスに貼りついた。

写真どおりの美貌が嫣然とせつらに微笑みかけていた。顔にも肌にも染みひとつない。

その背後から千波がのしかかり、尻を押しつぶした。

激しい息づかいが部屋いっぱいに轟きわたり、せつらは苦笑した。

「わかった。それで手を打とう」

あっさりと言ったのは、これ以上のトラブルはマイナスにしかならないと悟ってか。堂々と乗り込んで来たのはいいが、ここは敵陣なのである。

ひょいとポケットから銀色のカードの束を取り出し、交換だ、と言った。

「一〇〇万ずつ五枚分、政府銀行の浮動口座に振り込んである。調べてみろ。その間に、ぼくもそっちの奥さんをチェックさせてもらう」

「いいだろう……その代わり……別れの一発だ……少し待て」

数十の瞳が見つめる真ん中で、千波は人妻の尻を抱えて犯した。

すぐに交換となった。

ボディガードが優子を連れ出し、せつらから五枚の磁気カードを奪って隣室へ去った。

「どうチェックするのか、参考までに聞かせてくれんか。夫婦だけしか知らん事柄を訊いても無駄だぞ。その女――記憶を失っておる」

嘲笑うようなドームからの声に、せつらは、

「見てればわかるよ」

と答え、曖昧な微笑を浮かべている優子を見つめた。

このとき、優子は顔全体に、何やら冷たいものがかすめたようなむず痒い感覚を覚えた。

ドアが開き、先刻のガードが入って来た。

「間違いありません、本物です」

「よかろう。さ、これで尋ね人がうちにいるとわかったわけだな」

千波の声に黒いものが混じった。ボディガードたちが、せつらを取り囲む。

「では――依頼主の名前を聞かせてもらおうか。女房ひとりに五〇〇万も出す男だ。もう一〇倍要求してもいいやとは言うまい。宮部から聞いたが、空手を使うらしいな。だが、拳銃相手では役に立たんよ。それに、その男たちは生体強化手術を受けておる。筋肉はライフルの弾丸も通さん」

「やれやれ。ヤー公なんざ信じるとロクな目に遭わんな」

こう言って、せつらはニヤリと笑った。

「空手か。あんたまだ、ぼくの喧嘩を見たことがなかったな」

背後でドアが開き、昨日やり合ったサングラスの男――宮部が入って来たが、数人が眼を向けたきりで、すぐせつらの方を向く。

「ひと握りの金で昔馴染みも売るか。確かに相手は金持ちさ。だが、偽物にゃビタ一文払わんよ」

「ほう――？　どうしてわかる？」

女以上に繊細な指が動き、優子の額を指した。

「眼と眼の間が写真より〇・四ミリほど離れてる。眉の幅も一〇〇分の二ミリほど足りない。鼻の伸

びる角度も正確に五八分の一度上向きすぎる。骨格から変貌手術を受けさせたのはいいが、もう少し丁寧にやらんと、少なくとも二〇万個所以上のボロが出るぞ。指紋や眼の色を変えればいいってもんじゃない」

「ほお——」

千波の声に驚きの色がこもった。

「どうやったかは知らんが、世の中、恐ろしい男がいるものだな。だが、あんたがそれに気づいても仕方あるまい。依頼者の名前さえ教えてくれれば、こちらで女の過去を調査し、その女に教え込む。半月も一緒にいれば、どちらも飽きてくるさ」

「それからもう一度逃げ出させ、今度はおまえらが捜しを受け持つわけか？」

「そのとおり。全財産でな」

「五〇〇万が全財産だったらどうする？」

「女房と会えず金も戻らんな」

「今後、いっさいのつき合いは断わる」

「わかった。おい——拷問（ごうもん）部屋へ連れて行け」

ずい、と進みかける拳銃片手のボディーガードへ、

「待って」

と言ったのは、優子の顔をした女だった。

「あんた、いい男やね。どう、拷問される前に、あたしと楽しんでみない？この顔なら文句ないだろう？」

拳銃相手に何もできまいと見たか、白い手がせつらの首を巻き、口元に熱い吐息がかかった。

床の女たちの眼に、ちろっと嫉妬の炎が点る。

「何をしている。——連れて行け」

苦々しい千波の声がした。

ボディガードがうなずき、せつらの手を取ろう

としたその瞬間――

すっと照明が消えた。

驚きと悲鳴が湧き起こり、

「逃がすな！」

千波の声が走った。

配電盤が操作されたらしく、ドアの開く音が響いても、廊下の明かりは洩れてこなかった。

明かりが点くまで数秒を要した。

女の悲鳴と男たちの呻きも、その光景の酸鼻さには及ぼなかった。

四人のガードたちはことごとく両手を切り落とされてのたうち、白痴のように立ちすくむ偽優子の全身は朱色に染まっていたのである。

さらに、千波組長が死蝋のごとき顔色に染まったのは、バズーカ砲の直撃もはね返すはずの硬質ガラスのドームに、どのような魔技を使ったのか、殺戮の誓いとされる逆十字の切れ目がくっきりと遺されていたからであった。

5

「無茶するわね。本気で乗り込んで来るとは思わなかったわ」

新宿へ向かう小道を走るバイクの背で、真弓が低い声でささやいた。手はせつらの腰に巻かれている。それがあたたかいのは、暖房用の化学薬品を羽毛に沁み込ませたフェザー・コートを、せつらが着ているせいだ。

「でも、あのカード勿体なかったわ」

「あれもガセさ」

顔にぶつかる風壁を感じながら、せつらは淡々と言った。バイクは時速八〇キロで瓦礫だらけの道を突っ走って行く。

「ご用済みの廃棄カードに即席プリントを押しただけの代物だ。今頃は化けの皮が剝がれてる」

「生命知らずね。坊やみたいな顔して」

少し絶句してから真弓が感心したように言った。

「なぜ、ぼくを助けたの？　入口のガードに一服盛ったりして。千波組を叩きつぶさないかぎり狙われるよ」

「あなたも同じよ。少しは役に立った？　もっとも、あなたなら、わざわざ私が照明スイッチを切る必要もなかったような気もするけど」

どうやら、あの暗闇を生み、千波組の要塞からせつらを導き出したのは、このホステスらしい。

「悪いけれど、お礼は規定額しか出せないよ」

せつらの言葉に、真弓は背中で笑った。

「生命を助けてもらったお礼の額が決まっているの？　おかしいわ」

「ビジネスライクがモットーでね。――何処で降ろそうか？　外部へ逃げたほうが安心だと思うけど」

少し考え、真弓は硬い声で言った。

「弁天町へやってちょうだい」

「反対方向だよ？」

「綾子――優子ちゃんのアパートがあるのよ」

左右を飛んで行く風景が、急速に現実感を増していった。

「深い仲だったっていうわけか」

「ご免なさい。あの娘、誰かに追われてるって、凄く怯えてたの」

ハンドルを左へ切り、せつらはうなずいた。

「それを利用して、あなたもひと儲け企んだわけか。千波組長のところにいるなんてぼくを騙し、すぐ奴と連絡をつけた」

「ご免なさい」と、真弓はもう一度言った。「どうしても街を出るお金が欲しかったのよ。あの組長なら知らない仲じゃないから、うまいこと巻き上げてくれると思ったの」

「五〇〇万で済むと思ったのかい？」

「……」

「いくら貰うはずだった？」

「……一五〇万」

「千波に狙われた相手は、骨まで食われる」

「ご免なさい」

「いいさ。で、どのくらい一緒の店にいたの？」

「一週間よ。あの娘、すぐに移ってしまったわ。なんだか……」

「追われてて、一カ所にはじっとしていられなかった？」

「ええ……でも私とは妙に気が合って、アパートも教えてくれたわ、入れてはくれなかったけど」

と、真弓は笑った。

せつらの表情はそのまま、眼だけが凄絶な光を噴いた。

肉を断つ音に、はっと振り向いた真弓は、闇の奥へけし飛ぶ奇怪な影を見て息を呑んだ。

「吸血蝙蝠さ」

せつらの声だけが平然としていた。

双頭犬、肉食鼠、人食いアミーバ、憑依獣……。

破壊された遺伝子工学研究所のサンプルが、新宿じゅうに誕生させた妖物の種類は、今もって正確な数が判明していない。昼ですら新宿住人が人気のない横丁へ入るのを恐れ、夜ともなれば、申し合わせたように家へ閉じこもるのは、人間の悪以上に、これらの跳梁が激しいためであった。

皮肉なことに、妖物の活動がとくに顕著な地域は、犯罪発生率にかぎり、他の地域よりも数段安全といえるのだ。

　弁天町の小さなマンションに着くまで、せつらが片づけたらしい妖物は五指に余った。らしいというのは、真弓の眼には、彼が拳銃をはじめとするいかなる武器も使っているようには見えず、それどころか、ハンドルから手を離しているようにも見えなかったためである。

「帰ってないようね」

　インターホンのスイッチを押し、ノブを回してから真弓が言った。

「いつもなら、この時間には必ずいるんだけど」

「君も勤め先はわからないんだったな」

「三日前にお店を変わったばかりだと言ってたから。何処にあるのか訊いても教えてくれなかったわ」

　せつらはうなずいて、右手をノブの鍵穴に近づけた。

　それだけで、指には何を握っているとも見えないのに、カチリと音がして錠は解けたのである。

　二人は内部（なか）へ入った。

　2DKのマンションであった。近頃流行りのスーパー・プレハブというやつで、マグニチュード9の地震にも耐え、ワン・ブロックずつ輸送できるため、新興住宅地では大人気を博している。間取りは四畳半のキッチンと六畳の洋間がふたつ。

「相変わらずこぎれいね、あたしのとことは雲泥（うんでい）の差だわ」

　眼をかがやかせて感心する真弓の方をやさしい眼つきで眺め、せつらは部屋を見て回った。

「どう？」

「いないな。それに、おかしなことがある」

真弓は首をかしげた。

「バス・ルームへ来たまえ」

狭い空間へ入ってすぐ、真弓も、

「おかしいわね」とうなずいた。「鏡がないわ。でも、割ったか何かして――」

「寝室にもないんだ。他の家財道具がないのはともかく、女性から鏡は切りはなせない」

真弓が何となく不気味そうにせつらの方を見た。

「そういえば私、あの娘が化粧するところを見たことがないわ。コンパクトは持っていたようだけど……」

「鏡はついてた？」

「わからない」

「あれだけの美人が……」

つぶやいて、せつらは少し黙り、妙なことを言った。

「……見たくなかったのは、あの顔か、それとも、本当の顔か？」

「何よ、それ？」

「優子さんには友だちが多かったかな？」

「――そうでもないわね。あまり口をきかない娘だったし。でも、あれだけ美人なのに、珍しく女の子には嫌われなかったわよ。つまり、いっさい鼻にかけなかったってこと」

「美人だってことを知らない美人か――あり得ないな」

せつらは人差し指で軽く額を叩いた。それから、真弓にも聞き取れないような声で、

「ご主人は面つくり……こいつは、街の外へ行ってみる必要がありそうだな」

6

工房の玄関でせつらの顔を見た勝又氏は、露骨に迷惑そうな表情をつくった。

「どうしてここへ来た？　探して欲しいのは妻で、私ではないぞ」

せつらは軽い会釈で応えた。

それなりに豪気なのか、帰れとも言わず、勝又氏は工房の奥へ顎をしゃくった。
五、六〇畳はありそうな室内を、おびただしい木製の棚が埋めていた。
「ほう」

と、せつらが感心したのも無理はない。超硬化ガラスの内側に立てかけられ、あるいは吊るされているものは、精巧無比な能面だった。

材質はわからない。しげしげと見れば、その表面に漂う幽玄枯淡な美と調和に、観察者は驚倒するだろう。

「何の用だ？　いい知らせを持って来たのだろうな」

超音波メスや電子鑿といったそれなりの小道具の他に、材料加工用か、大きな鉄鍋やビーカー、フラスコ、加熱炉などに囲まれた窓際の一角で、勝又氏は床に胡坐をかきながら訊いた。

「残念ながら」と、せつらはソファに腰を下ろしたまま言った。その右手の指先が、風を愛でるがごとく動いた。「奥さまはまだ発見できません。今日うかがったのは、あなたの言葉の中にひとつ、意味不明なものがあったからです」

「そんな理由で、仕事の邪魔に来たのか!?　ええい、何でも訊いてさっさと帰れ！」

「承知しております。世界芸術祭第一位にかがやいた日本の能——その半分は勝又ならぬ勝長新三郎製作の能面の美しさにかかっている。今年の人間国宝指定は間違いないそうですね。確かにお忙しそうだ」

「貴様」

「ぼくのオフィスへ依頼に来られたとき、あなたは奥さんを評して、美しいとは言えんが改善の余地がある、とおっしゃった。その、改善の意味するところをお訊きしたいのです」

「そんなこと、しゃべった覚えはない」

勝又——勝長新三郎の拒否も無視してせつらは立ち上がった。

棚のひとつに手を伸ばすと、カチリと音を立てて、ガラス戸の鍵がはずれた。

眼を剝く勝長を尻目に、細い繊細な指がひとつの能面に触れ、そっと勝長の眼の前に芸術の具象を持ち上げた。

「この面も別の生き物だ」

と、せつらは静かに言った。

自分に向けた背の向こうで、何か——変化のようなものが起こりつつあるのを勝長は感じた。この美青年の姿はそのまま、根源的な部分に変化が生じているような……。

「秀れた才能が、どのような方角へ進むか私にもわからない。だが、生き物を生むものが、やがて、ある願望に取り憑かれたとしても矛盾はない。かつて多くの科学者たちがそうだったように」

「…………」

せつらは振り向いた。

氷のような美貌に、面師・勝長は欲情さえ感じて動けなくなった。彼は秋せつらの声だけを聴いた。

「面づくりが人間をつくりたいと思ったら、果たして、どんな形をとる？」

「か、帰れ！　依頼は取り消す！」

「答えろ――どんな形をとる？」

勝長の右手が作業台上の電子鏨をつかむのを、せつらは見つめていた。それを振りかざすのも見た。振り下ろされても彼は動かなかった。

カッと音を立ててメスを受け止めたものは、勝長の絶叫と面の額であった。

「な、何をする!?」

「したのはそちら」

と、せつらは笑った。その声だけで、空気はしんと氷結した。澄んだ冬の夜のごとき響き。

「しかし、私にもそうして欲しいなら――ほうれ」

言うなり、彼の横で面が笑った。

KAKAKA

それは裂ける音であった。密閉されているはずの棚の内側で、国宝級の面は次々と縦に裂けていった。

笑いは部屋じゅうを駆けめぐった。

「や、やめろ――答える！」

内臓が口から飛び出しそうな勢いで叫ぶ勝長の視界を、彼の面以上に美しい魔の微笑が彩った。

一時間ほどして、せつらは勝長邸を辞した。ここ、本郷の地でも、魔界都市〈新宿〉でも、吹き過ぎるその厳しさは変わらない。

陽差しだけは白々と満ちる屋敷町の通りで、せつらのかたわらを母子連れが通りすぎた。

まだ三十前のその母がぽかんと口を開けたのは、せつらの容姿からして当然だが、五歳にも遠いと思われる女の子が血相変えて母の腰にしがみついたのは、異様な現象といえた。

平然と歩み去るせつらの耳に、

「どうしたの？」

とおろおろする母の声が聴こえた。

「怖いの、あのお兄ちゃん」

「何を言ってるのよ⁉　どこが怖いの⁉」

「怖いの、何となく怖いの」

子供は別世界の住人を見分けるのだろうか、美しさにあざむかれることもなく――。

〈魔界都市〉から来た男を。

怯える子をようやくなだめすかした母親が背後に眼をやったとき、眩い陽差しばかりが映える通りに、黒ずくめの青年の姿はすでになかった。

せつらが家に戻ったときは夜になっていた。

勝長邸を出てから数軒の聞き込みを行ない、ようやく帰り着いたのである。

魔人の凄みは消え、美しいが平凡な商売人の顔つきを取り戻していた。

冬の弦月(げんげつ)が黒い影を路上に落としている。

遥かに、崩れそびれた超高層ビルの林が黒々と浮き上がっていた。

家まであと一〇メートルというところで、せつらは足を止めた。

風が長髪をなびかせた。

「今ごろ――何をしに出て来た？」

後ろも向かず、彼は訊いた。

往くものも来るものもない寒月(かんげつ)の往来で。

もちろん、答えはない。

その代わり、気配が動いた。

彼の背後——狭苦しい四つ角の一隅で。

長いことそこにいることに、せつらは気づいていたのだろうか。

ゆっくりと彼は振り向いた。

人影が立っていた。

四つ角の右手奥から、別の角を曲がって来たらしいエンジンの響きが上がり、月より眩い光条が影を揺らめかせた。

ほんの一瞬。

旧式のガソリン・エンジン車は排気ガスを撒き散らしつつ角を曲がって去った。

それで充分だった。

せつらは美貌を見た。

詩人なら百万言を要して語り尽くそうとするだろう。

音楽家は一夜でセレナーデを書き上げてみせるだろう。

女は哀しげであった。

冬の月光にふさわしく。

だから、せつらは動かなかった。

こう言っただけである。

「戻りますか——奥さん？」

と。

闇に溶けた姿がひっそりと遠ざかって行くのをせつらは感じた。

追うことも、捕えることもたやすい業であった。

彼ならば。

その気配が完全に消え去るのを確かめ、せつらはふたたび家の方へ歩き出した。

7

コーヒーを入れようと、買ったばかりの薬罐をガスにかけたとき、かすかなノックの音が湧いた。

はっと振り向く暇もなく、三つ付けた電子錠がいっせいにはずれ、荒々しくドアが開くと同時に、黒い石みたいな人影が室内に溢れた。

両腕を絡め取られ、声もなく立ちすくむ真弓の前に、低いモーター音とともに、四人の護衛に囲まれた車椅子姿の千波藤吉が現われた。

「久しぶりだな、真弓」

ニコニコと、陰にこもった声である。

「何の用？」

これから降りかかる運命に気づいたものか、真弓の気丈な声は震えを帯びていた。

「なあに、大した用じゃねえ。おまえから、優子のことをもう少し詳しく訊こうと思ってよ」

「あれで全部よ」

あれとは、千波と組んでせつらを罠にかけたとき話した綾子イコール優子のことであった。

「そりゃねえだろう。どうも、おれには解せねえんだ。あんときは、あの若いのを一発で仕止める自信があったから深くは訊かなかったが、今となっちゃあ、どうもおかしい。ましておめえが、おれの秘密基地のライトを消して、あいつといっしょに逃げ出し、こんなボロアパートに移ったとあっちゃあな。――あいつと組んだほうが銭になるとわかったんだろうが、え？」

「よして――誤解よ。私は、あなたに話をもちかけたことも後悔してるのよ」

「そいつがわからねえ」と、千波は真弓の首から下にいやな視線を注ぎながら首をかしげた。「どうみたって、おれと組んだほうが銭は取りやすい。あんな餓鬼、遠距離から誘導ミサイル一発で片がつくんだ。それをなぜ——はあん」

男の意味ありげな笑いは、しかし、とうに答えを知っていることを物語っていた。

「おまえ、あの男に惚れたな」

「よしてよ」

真弓はそっぽを向いた。

それが答えだった。

「無理もねえ、あのハンサムぶりじゃあな。だがよ、よしときな——面に関して言やあ、おれぁ、こんな不釣り合いのアベック、見たこたぁねえ」

真弓の顔から血の気が引いていった。

「だがよ——肉体は人一倍立派だぜ。こっそり愉しんでから、話を聞かせてもらおうかな——おい、はじめろ」

やめて、と言う前に、真弓は裸に剝かれた。

男たちの凌辱がはじまった。

「顔は見たくねえなあ」

と、のしかかって来たひとりがでかい声で言った。

「眼えつぶってやれ、眼えつぶって」

「はいよ」

必死にそむける唇が音を立てて吸われた。

舌もなぶられ、夢中で引き離すと、二人目が頭の方から覆いかぶさって口を責めた。

最初のひとりは乳房を舐めている。

蛍光灯の光に、唾液が鈍く光った。

千波の眼前での凌辱であった。

見られる興奮が男たちを狂わせていた。見せ慣れていたのかもしれない。

真弓の乳は申し分のない張り具合を持っていた。

骨盤が大きく、下肢も豊かだ。

もうひとりが空を打つ太腿に取りかかった。

上半身を汚す二人を尻目に、脂肪のたっぷり乗った太腿にかじりつき、唇と舌でねぶっていく。

どこかを強く吸われたのか、真弓が身を震わせて呻いた。

声は、じき悲鳴からすすり泣きに移った。

男たちの愛撫は巧緻を極めていた。

全員がその気になっている。女をよがり狂わせるのが楽しみな輩ばかりであった。

すすり泣きは熱い喘ぎに変わった。

舐める音しか聴こえない。

「しゃぶってみせろ」

と、千波が命じた。


唇を重ねていた男が真弓の顔の上に乗った。

白い喉がうぐと鳴った。

男は自分から動きはじめた。

乳房担当の奴が、胸から腹にかけて丹念に涎で埋めていく。興奮しきった顔で、へそに舌がえぐり込むのを見ながら腿を責めていた男が、両脚の間に入った。

「ぐうう」

と口にほおばったまま、真弓が抵抗した。

もがく両足首をとらえ、左右に大きく開いて男は突き入れた。

こってりした粘膜に包まれる感触に耐えかね、遮二無二腰を入れだす。

犯されている唇の間から、真弓は法悦の呻きを吐き出した。

「どんな具合だ？」

千波が身を乗り出して訊いた。

「顔はひでえが身体は抜群です」

男は保証して、両腿を脇に抱えた。

「しゃぶりも堂に入ってますぜ」

と、顔にまたがった男が言った。

「こら、おめえ、亭主持ちだな。それとも、ソープに行ってたのか」

「稼ぎ口が増えたな」

と、千波は舌舐めずりをして、肉棒を吸うために光らせた真弓の唇に眼をやった。

「末はソープ行きだ。——おい、代われ」

「へえ」

と言って、顔をまたいでる奴と胸を責めてる奴が降りる。

護衛が二人、両脇から手を入れて支え、千波は、熱っぽい息を吐く真弓の胸の上に乗った。


毛布から出た下半身は剝き出しであった。灰色のペニスだけがそそり立っているのを見て、真弓は眼をそらせた。

「ええおっぱいしとるな——ここでソープの予行演習をしとこうじゃねえか」

「やめて、それだけは」

「やかましい。ほれ、このでけえおっぱいでいかせんかい」

「いや、絶対にいや」

上気した顔で必死に拒む喉元へ、ぐいと黒いブーツが乗った。

「どうしてもいやかよ？」

護衛のひとりが訊いた。

「や……やります……」

「話のわかる女が好きだぜ」

両脇から支えられたままの姿勢で、千波は豊かな肉塊の間に熱い強張りを乗せた。

自らの手で乳房の間にそれをはさみ、真弓はこすりはじめた。

張り切った肉のもたらす快感に千波はいいい、いいと叫んだ。

はさみ、こする男根を口元に突きつけられ、真弓はいやいや含んだ。

先端はすでに滲んでいた。

「舌でいかせろ」

と、千波は命じた。

真弓は強く吸った。舌で舐めるのはいやだった。膨らみを何度か吸っては戻し、乳房で揉んだ。

まわりで見ている男たちの息が荒い。

「ほうれ、いく、いくぞ。こいつの顔を押さえろ」

「ああっ——いや！」

そむけた顔を護衛の力が押し戻した。

眼の前に男根の銃口が突きつけられた。

真弓は眼を閉じた。

熱い汁は飛び散らず、こってりとした粘塊のまま、鼻先から口元にかけてしたたった。

8

翌日の昼下がり、秋せつらは愛用の七五〇CC（ナナハン）を新宿二丁目の一角——大宗寺（だいそうじ）の門前で停めた。

両手をコートのポケットに突っ込んだまま、崩れかけた門をくぐる。

異感が首筋から忍び込んできた。四肢が分離しそうな感覚——指先で音が聞こえた。

かろうじて耐え、せつらは境内（けいだい）の奥に眼をやった。

残骸を留めたままの本堂の近くに、一〇名近い人影が立っていた。

車椅子の千波が、よく来たなと言った。朝の電話の話をしているのである。

真弓の生命がほしければ、大宗寺まで来いという脅しに、なぜかせつらは乗った。

「買いかぶり過ぎていたかな。もう少しシビアな男かと思ったがよ。あんなパン助の生命でも、惚れられた身としては気になるかい？」

真横へ伸びた指先は、かつて累々と墓石の並んでいた墓を示していた。

一〇〇坪はある土地の真ん中に、真弓が横たわっていた。両手は縛られ、口にはガム・テープが貼られている。

「死んじゃいねえよ。だが、放っときゃ餓死するぜ。もっとも、あんたが行っても同じだがな」

「あの女に何をした？」

せつらの声は変わりつつあった。

「おおっと――おかしな術を使うのはよせよ。万が一の用心にな、おれたちの身体のどこかにゃ、特製のリモコンが仕掛けられてるんだ。誰かひとり、そいつをオンにすりゃあ、あの女を縛りつけてる縄が火を噴く。六〇〇〇度のナパームだぜ。断わっとくが、『痛み』や『悲鳴』がスイッチになってるかもしれん」

「僕に何を訊きたい？」

「何も。必要なことは真弓から訊いたよ。あんたは邪魔だから消えてもらう――それだけさ」

「残念だが、依頼は断わられた。もう、僕の手は借りんそうだ。おまえたちとは関係ない」

「今回はな」と、千波は歯を剥いた。「だが、広いように見えて、新宿はこれでなかなか狭苦しいのよ。また、どこで利害が噛み合うかしれん。そうなったら、あんたはじつに厄介な人間だ。さ、中へ入りな」

「それから、どうする気だ？」

「もちろん、依頼人さんのところへ話をつけに行くのよ、おれたちのこさえた綾子——優子を引き連れてな。国宝級の面つくりだそうじゃねえか。こりゃ、たかり甲斐があるぜ」

「宮部はどうした？」

せつらの意外な問いに、千波はいぶかしげな顔つきになったが、

「あの馬鹿野郎か——あんたの特技を空手だなんて教えた罰に眠らせちまったよ」

「ほう、それでか。今どこにいる？」

「四ッ谷駅近くの廃墟に埋めてある。なんでそう気にするんだ？」

せつらの微笑に、千波の問いは凍りついた。

「入れ」

と、彼は命じた。

せつらは従った。

二歩、墓地の方へ進んだ途端、猛烈な脱力感とめまいが襲った。知覚が根源的に反転する感覚。毛穴からどっと汗が噴き出し、彼は膝をついた。

「そこから出られりゃ大したもんだ。——大宗寺の出られずの墓地——そうたやすくは抜けられねえぜ」

笑いさざめきながら、男たちは門を抜けて行った。

真弓の方へ移動はせず、せつらの右手が動いた。それだけで、女の手足のいましめはあっさりほどけたのである。言うまでもなく千分の一ミクロン——眼には見えぬ特殊鋼の糸と、それを操るせつらの腕の冴えであった。

あわててガム・テープをはずした女の口から、予想もしない言葉が洩れた。

「畜生——千波の野郎、あたしをこんなところへ置き去りにしやがって」

真弓にそっくりの女が、二日前、千波の乱交パーティで会った、勝長新三郎の妻、優子そっくりに変貌手術を受けていた情婦と知っても、せつらは振り向かなかった。

前方の空間に眼をやったまま動かない。

その両手指がまるでワープロでも操作するかのように小刻みに躍っていることに、女は気づかなかった。

「ねえ、何をしているのよ、早くここから出ましょう」こう声をかけても情ないせつらに腹を立てたか

「いいわよ、あたしひとりで行くから！」

吐き捨てて歩き出した。

奇怪な現象が女を捉えた。

確かに女は歩いている。遠ざかって行く。それなのに、門までの距離はまるで縮まろうとしないのだ。

「無駄だ」

あまりの怪異に茫然と立ちすくむ女の背に、せつらの低い声がかかった。

「この墓地全体は、〈魔震〉のとき、時空間に歪みを生じて閉鎖空間化している。向こう側からは入って来られるが、こちらからは出られない」

「閉鎖って——閉じられてるわけ？　なら、どうして歩いて行けるのよ？」

「向こう側と接触しないだけで、有限な空間の中は無限だからだ」

「おかしなこと言わないで！　向こう——あたし

たちの世界から人が来ないんなら、このまま飢え死にしちゃうじゃないの!?」

「しっ、しっかりだな」

自分の苦悩を楽しむかのようなせつらの声に、女は立腹するより背筋が寒くなった。この美しい青年は、怪奇な世界の生き物ではないのか、じつは——。

何か言いかけ、女の眉がいぶかしげに寄った。

せつらの美貌が苦悶の表情に歪み、額には血管が盛り上がっているではないか。極度の精神集中がもたらす現象だった。

「ちょっと——あんた」

と、声をかけた刹那、せつらは全身の緊張を解いた。

同時に、女は、彼の眼の前の空間から、何やら光る線みたいなものが、その袖口へ吸い込まれるのを見たような気がした。

「成分はわかった」

と、せつらはつぶやいた。特殊鋼の糸を使って、彼は閉鎖空間の性状までも分析したのだろうか。

「向こうから誰かが来れば、彼が占める容積分の通路が別の場所に開く。そこから抜け出すしかないな」

女の顔に生気が湧いた。

「そうすりゃ出られるの? ね、誰か来てくれるの?」

「君は新宿は長くないな」

「四日前に来たばかりよ」

「この寺のことは誰でも知っている。誰も近寄りはしない」

「じゃあ、どうするのよ!? 死にたくない。眼の前に、安全地帯があるのに、死にたくなんかない！」

「ならば、少しだけ口をつぐんでいるがいい」

せつらは冷たく言った。

「いま、救援隊を呼んでいる」

「――どうやって⁉　無線か何かで⁉」

「千分の一ミクロン――一〇〇万分の一ミリの糸ともなると、存在しないも同様らしいな。空間の分子の間を縫って健在だ。その先に何名かいる、私の知り合いのひとりもな」

「？」

「ただ、厄介なことに――死人と来ている」

この男、気でも狂ったのかと後じさる女を尻目に、せつらは瞼を閉じた。

再び想像を絶する精神集中に、全身が小刻みに震え出す。

五分、一〇分……二〇分……。

白蠟のごときその顔から透き通るような色さえ失せ、まさしく透明そのものと化そうとした刹那、肌はみるみる生色を取り戻した。

「うまくいった、初めてだったが――〝死人つかい〟」

それが何の意味か理解するまでに、女はさらに二〇分近くを待たねばならなかった。

地面に腰を下ろし、千波をののしっていると、ひとりの男が門をくぐって来たのである。

「み――宮部――⁉」

四肢がはじけ飛ぶような衝撃も無理はない。どこかぎこちない足取りで二人の方へ向かって来るのは、確かに昨日の晩、過ちを理由に、彼女の眼の前で刺殺された千波の子分に違いなかったのだ。

その青黒い腐ったような肌、澱んだ眼、まるで土中から這い出したように、身体のあちこちにこびりついた土――明らかに、それは埋葬（まいそう）された死人であった。

　ああ、死人つかい。

　誰がこのような奇蹟を想起できたろう。

　腐りかけた死人のどこかに、二日前、せつらを襲撃して以来、異次元の壁すら通過する細糸が巻きついていたのだ。

　それが、たったそれだけの品が、秋せつらの指が送る摩訶（まか）不思議な信号によって、彼の得意技を空手といつわらせ、すでに神経の支配を離れたはずの筋肉を、骨を、腱（けん）を動かし、重い土をえぐり、はねのけ、はるばると四谷からここまで歩行させたのであった。

　秋せつら――この美しき魔人は死者すら甦（よみがえ）らせ得るのか。

「前もってここへ呼び、千波たちを返り討ちにするつもりだったのだが、死んでいては来られんな。――さ、出たければ、僕につかまれ」

　何が起きたのかはっいに理解できず、ただここから逃げ出したい一心で、女はせつらの腰にすがりついた。

「計算ではここだ」

　せつらは音もなく、侵入口から五メートルほど右へ寄った。

　死人はためらわず、奇怪な空間に身を入れた。

　同時に、二人はあっさりと向こう側へ脱け出していた。

　へたり込む女の方を見ようとはせず、せつらは足早やに七五〇CC（ナナハン）にまたがった。

　敵の目的地はわかっている。本郷の勝長邸とすれば、新宿からの通路は早稲田ゲートになるはずだ。

靖国通りへ出るなり、せつらはバイクのグリップを限界までひねった。

時速二〇〇キロでエグゾースト・パイプが吠える。

もう一段押した。

パイプ上部に設けられたロケット・ブースターが轟音を発した。

自動的にバック・シートが上がり、風圧でのけぞる上半身を受け止める。

時速三〇〇キロ。

せつらは顔を横に傾け、正面から襲う風圧を避けて細く呼吸(いき)をついでいた。ヘルメットなしの頭髪が根本から引きちぎられそうだ。

むろん、ハンドルは握れない。

それなのに、バイクは電気自動車(E・カー)やガソリン車の間を縫って狂ったような疾走をつづけていく。

わずかに上げた五指の先だけが微妙な動きを見せていた。

陽光に光る筋のきらめき。

せつらは袖口から流した糸をハンドルや装置に巻きつけ、自在に操っているのであった。

9

新宿と区外を結ぶ「橋(ゲート)」は三つ。西新宿と四谷、そして早稲田鶴巻町である。

曙橋(あけぼのばし)を渡って一気に薬王寺(やくおうじ)町、弁天町と突っ走り、鶴巻町へ入ったせつらの視界に、じき、鋼鉄の橋とそこへ向かう二台の黒いガス・タービン・リムジンが飛び込んで来た。

リムジンのドアが開き、ロケット・ランチャーやショット・ガン片手の男たちが飛び降りる。

狙いが定まらぬうちに、せつらはリムジンの眼と鼻の先で急速にスピードを落とし、ロケット・ノズルを反転させた。

猛烈な噴射炎がやくざどもに伸びる。

リムジンの後部ドアに命中したそれは、みるみるピンクの霧のように広がり、車体とその周囲に集う屑どもを包んだ。

ぽっぽっとオレンジ色の塊が生まれた。

それが悲鳴を上げて地べたへ伏す。

爆発音とゲル火薬性の毒々しい炎が連続した。

加熱暴発したロケット・ランチャーから数個の物体が炎の尾を引いて四方へ飛んだ。

二発はゲートの監視塔近くの路上で火を吐き、一発が頼りない弾道を描きながらも、せつらへ向けた自動照準レーザーが作動しているものか、のろのろとやって来る。

逃げても無駄だ。

バイクを停車させざま、せつらの右手が動いた。

この人捜し人（マン・サーチャー）は、ミサイルの構造まで心得ているのか、ほとばしる特殊鋼の糸は標準装置の記憶回路を破壊し、方向舵（だ）を切断してのけた。

指はどう動いたか、ミサイルはくるりと方向を転じ、逃走に移る残り一台の斜め前方で火を噴いたのである。

炎が車体を舐め、こちらも急停車するや、人影が外部に溢れた。すぐには燃え移らぬようミサイルの爆破位置と車のスピードは計算済みである。

運転席から真弓が引きずり下ろされ、護衛たちと千波の前に立った。こめかみに大型の自動拳銃が当てられている。

「この女（スケ）は本物だぜ。——殺（ばら）してもいいのか？」

千波が喚いた。

せつらは右手を振って回答を送った。

真弓を引き据えた護衛の腕が肘から切断され、拳銃を握ったまま地面へ転がる。生首（なまくび）の落下が一瞬遅れたのは、そちらのほうが重いせいだろうか。

拳銃やサブ・マシンガンの一連射も報いることなく、残るやくざたちも後を追った。

木枯らしの振り撒く血潮を紅蓮の炎が蒸発させていく。

千波は血みどろであった。

バイクを降り、せつらは無言で近づいた。

炎と木枯らしが渦を巻き、地獄の朱（しゅ）で彩られたこの世界に、彼だけが冷たく美しかった。

「やめろ……やめてくれ……悪かった……」

千波は弁解しながら後退した。

「金で話をつけよう。いくらだ、言ってくれ」

「依頼主は降りた。今のトラブルは僕とおまえだけで決着がつく」

せつらは冷たく言った。

「どこまで知っている？」

「か、勝長の女房のことか——おう、みんな聞いたぜ。あの面づくり、能の面ばかりこしらえてるうちに、人の顔が彫りたくなったそうじゃねえか。それもとびきりの美人をよ。——ところがおかしい。美人の顔彫るにゃ、できるだけ平凡な、味もそっけもねえ女の顔を素材（もと）にするのが一番だそうだ。で、あいつも、どっかからそんな女捜し出して、女房にしたんだそうだ……あ、あつい、なあ、話は別のとこで……」

「つづけろ」

しゅっ！　と音を立てて、千波の鼻の頭が欠けた。

盛り上がる血潮（ちしお）が砕け、何条もの線となって口元へ流れ込む。

「……い、痛え……そ、それで、勝長の野郎は、朝から晩まで、出来上がった面を女房にかぶせて暮らしたんだそうだ。ただの面じゃねえ、材質は勝長家に代々伝わる加工肉皮で、どっから見ても、人肌と変わらねえ。産毛まで生えてやがるのさ。男のほうはいいが、女房は堪らんぜ。毎晩、やり狂うたびに、耳元で、君はおれがつくった世界一の美女だ、とやられてみな。死にたくもなってくるぜ」

それで家に火を点け、新宿へ逃げた。傷を負った者が入る街へ。

深い傷を負った者が。

身ではなく、心に。

せつらはゲートの出入り口に立つ真弓の方へ眼をやった。

千波の右手が肘掛けの押しボタンにかかる。

内蔵された九ミリ・マシンガンの火線がほとばしるより早く、せつらの右手が動いた。

冷たい刺激が頭頂から腹を断ち割るまで、千波の意識は持続していた。

車椅子ごと縦に裂けた身体を炎が舐めるのも見ず、せつらは真弓に眼を向けていた。

服装はそのまま、顔だけは絶世の美女に変じた真弓へ。

昨夜の女性だった。

二つの顔を持つ女。真弓と優子と。

「どっちが好き？」真弓が静かに訊いた。「驚かないのね。いつから知っていたの？」

「優子の——君の部屋に入ったときからだ。香水が同じものだったよ」

「さすが、探偵さんね」

「人捜し（マン・サーチャー）だ」

せつらはもっと静かな声で言った。

灼熱（しゃくねつ）の炎と血臭と死者の世界に佇（たたず）む天上の美を持つ二人。

凄惨美ともいうべき光景であった。

「なぜ、あの部屋へ僕を案内した？　優子と自分は別人だと見せつけておきたかったのか？　確かにアパートの住人は隣人のことなど気にもしないが、君のもとの職場の連中は覚えていたよ。面をかぶるのを見かけたものもいた。そうやって幾つもの店で働いていたそうだな」

「そのとおりよ。どうしてだかわかる？」

せつらは首を振った。

「本当の顔ではどこも雇ってくれないからよ。なんとか頼み込んで使ってもらえても、お給料は普通の人の半分以下にされてしまう。それが、この顔でお店へ出れば、たちまち指名ナンバー・ワン、本当の私の五〇倍も稼げるのよ」

それは真弓の声だったろうか。

五〇倍稼いで、なお、自分の顔で働くこともやめなかったのか。

「男は女の人柄なんか見ない。女は顔と肉体（からだ）だって思ってる。この街の男はって言い換えましょうか？　でも、私は外での生活に耐え切れなくてこの街へ来たのよ。結局は同じだったけれど。私、この面が憎かった。何度、ズタズタにしてやろうと思ったか知れやしない。でも――これがなくては、あたし、生きていけなかった。そうしているうちにどうなったと思う？　鏡が怖くなってきたの。自分の顔を見るのも、この顔を見るのも、よ」

脳裡（のうり）に鏡のない部屋と、鏡を片づける女の姿を映して、しかし、秋せつらは氷のような表情を崩さなかった。

「僕の処分を千波にまかせ、姿を消せたはずだ。なぜ、そうしなかった？」

「あなた……きれいなんだもの」

沈黙が落ちた。

「こんなきれいな男の人が私を捜しているんだもの。しばらく一緒にいたいと思っても、悪くはないでしょう？　あの部屋を見せて、優子は消えたということにして、私も何処かへ行くっもりだったのよ……。あなたと一緒にそのオートバイへ乗ってたときが、いちばん楽しかった」

それなのになぜ、凍てつく深夜、あの横丁でせつらを待ちつづけていたのか？

優子の顔で。

優子の眼からひと筋の涙が落ちた。

真弓の涙が。


彼女はいったい、誰だったのだろう。

「行く道はふたつ」と、せつらは言った。「橋の向こうかこちら側だ。問題は、どちらの顔で生きるかだが。やり直しはこちら側のほうが利くかもしれん」

それきり二人は口をきかず、立ちすくむ影だけが木枯らしに揺れていた。


十数分後、橋を渡って来た新宿区相手の商人のひとりが、鉄枠の片隅にひっかかったゴム製の面のようなものを見つけた。

吹きつける木枯らしに揺れるそれは、世にも美しい女の顔を備えており、商人は妻にかぶせようと喜びいさんで持ち帰って行った。

L伯爵の舞踏会

1

ひとりの男が政府と交渉し、広大な土地を河田町の一角に購入した。

〈魔震〉によって、地主は落下するビル壁の下敷きと化し、東北に住む親類は、二束三文でその地所を政府に譲り渡したためである。

男の名はさほど知られていない。

ただ——

える

と呼ばれていた。

エルだという説もある。

絵留だというものもいる。

Lだという一派も有力だ。

つまり、誰も知らぬのである。

目下のところ——

L

だ。

一番書きやすいから。

なぜ伯爵なのか、と問うのは新参者だろう。

これは渾名である。

誰が言い出したのかはわからないが、理由だけはもっともらしいものが伝わっている。たぶん、冬の雪か木枯らしみたいに確実な説に違いない。

というのも、河田町の高台に彼が築いた家は、〈区外〉の最新技術を駆使して造営した西欧ふうの屋敷だったからである。

鉄柵を吹き抜ける風は、大理石の彫像が引き絞った弓の弦を鳴らし、噴水の清水に太陽と月の断片をきらめかす。

正確に東西南北を向いた窓からは、レースのカーテンを通して夜ごと明かりが絶えず、音楽が絶えず、それはときに「ムーン・グロウ」であり、「青きドナウ」である。

庭に放たれた番犬だけが、空中から襲う飛翔獣の恐怖に耐えながら、カーテンの奥に揺らめく人影を見るという。

ただひとつの問題は、犬の小さな脳が、その揺らめきを踊りと解さないことであった。

晩秋の午後も遅い時刻、屋敷はひとりの訪問者を門前に迎えた。

こちらから招かぬかぎり、いかなる来訪も拒否するインターフォンが、わずかな沈黙の果てに許可を伝えたのは、その若者の名と職業よりも、月輪のごとき美貌に頑迷さを溶かされた故に違いない。

人形さえもかくやと思われる無表情な執事の手に渡された名刺には、こうあった。

〈秋DSM（人捜し専門）センター
所長　秋せつら〉

絢爛豪華な調度に彩られた居間で待つこと十数分。

訪問者の前に姿を現わしたのは、二〇〇キロ近くはありそうな肥大漢であった。

肥るという行為自体が屋敷の醸し出す美に反してはいたが、彼にはそれを補って余りある要素が備わっていた。

恐るべき醜悪さであった。

水死人のごとく青ざめた皮膚、引き抜かれでもしたのか、地肌が露骨にのぞくまばらな頭髪と眉、濁りきった眼に映る家具調度さえも汚れるようで、分厚(ぶあつ)い腐肉のごとき頬と唇は、軽く触れただけで剥がれ、指に付着するようであった。

ドスキンのダブルも、シャンデリアの光を映す靴先も、その醜さを救うには遠い。

美に逆らって美を生み出す域に、この家の主人の醜悪(しゅうあく)さは達していた。

「美しい若者だな」

初対面の挨拶に驚かぬのも、せつらならではであった。

生ける汚物の洩らした声は、深みのある、セクシャルとさえ言えるバリトンだったのである。

「招き入れた甲斐があった。主人の絵瑠宮(えるみや)だ。用件を伺おう」

せつらはうなずいた。

「三日前、パーティを催されましたね？」

「舞踏会だ」

「その舞踏会にこそ泥が忍び込みました。ご存じでしたか？」

「知らん。召使いは些事(さじ)をわしに告げんのだ。あるいは、庭の番犬どもに食われたかな」

「骨ぐらいは残ります」

と、美青年は恐ろしい台詞を平然と吐き、

「しかし、このこそ泥のうち一人は、それすら留めず消えてしまいました。私はその身内から調査を依頼されたのです」

「身内とは、残った仲間のことか？」

「それは申し上げられません」

「ふむ。とにかく、わしにはこそ泥が消えたと言われても皆目(かいもく)、見当がつかん。あの晩のすべてを取り仕切っていたのは執事の斉藤だ。彼から事情を訊くがよかろう」

せつらは一礼した。

醜悪そのものの顔に、笑いみたいなものがかすめた。

「変わった男だな。美しすぎるせいか？」

「は？」

「この屋敷へ来たものは、まず、わしの素姓を知りたがる。次にこの家を建てた目的と、舞踏会の意図だ。その気になれば、この土地の一角を買い占めるくらいの財産となる情報を与えてやるのだが、君には、そんな欲もないらしい」

「その件に関しては、たぶん、いずれ」

せつらは微笑した。

満足したように、絵瑠宮氏――L伯爵は引き下がった。歩くたびに、背と脇腹の肉が震えた。

入れ替わりに執事の斉藤が現われ、三日前の記憶を開陳した。

舞踏会は近所の人々三〇名を集め、午後七時から十時にかけて行なわれた。その間、邸内には不審な侵入者もなく、物音ひとつ聞こえなかったという。

屋敷の住人は絵瑠宮氏と、斉藤氏をはじめとする執事五名、メイド三名。誰も異常を訴えなかったという。

「家の外はどうです？」

「犬係の久根女は異常なしと申しておりましたが」

「ご自分ではお確かめにならないのですか？」

「なにぶん、敷地が広いもので。何でしたら、久根女にお会いになりますか？」

せつらは一礼した。うなずいただけで、この若者は絵になる。動いた風に冷気と香りがこもるようだった。

せつらは、斉藤氏とベランダを抜けて庭へ降りた。
L伯爵の敷地は二〇〇〇坪、建て坪は五〇〇〇坪だから、中庭も壮大の一語にふさわしい。昏(く)れはじめた庭に、ハープを手にしたアポロ、蛇に追われる妖精(ニンフ)——彫像の群れの彼方には森さえ見え、そのはるか奥に、破壊を免れた副都心高層ビル群がそびえていた。

森の闇が犬の群れと男とを吐き出した。

ドーベルマン——世界でもっとも獰猛(どうもう)な狩人(ハンター)だ。どの犬も体長一・五メートルは下らない。無駄な肉の一片だになさそうな肢体は、調教者の実力を物語っている。

ともすれば疾走(しっそう)を求める四頭の獣を、男は苦もなく皮紐で押さえつけていた。中肉中背だが全身は筋肉の塊だ。シャッと黒服の下からも筋肉の筋がよく見える。四頭の猛犬と渡り合うにふさわしい男であった。

あどけなさを残した顔が愛想よくせつらに微笑み、質問の受け答えも丁寧そのものだ。三十歳前にしては理想的な執事といえた。

ただし、内容は同じ。

異常なしである。

「そいつらのうち一人が、西の塀(へい)から侵入した。時刻は午後九時三十分。パーティも終盤にさしかかっていた。後片づけが済み、気がゆるんだところを狙おうと森の中で待機し、君たちのひとりがベランダのガラス扉を開けてから奥へ引っ込んだのを確認して屋敷内へ忍び込む——塀を越えてからのことは、彼と相棒との打ち合わせだが、とにかく彼は忍び込み、二度と戻って来なかった。外にいた相棒の話では、犬の吠え声らしきものが聞こえたというが——どうかね？」

「外にいた相棒さんの記憶違いですね」

久根女は眼を閉じて言った。

「あの晩、犬たちは放し飼いにしてありましたが、どれも吠えたりしていません。私にはわかります」

「どうして？」

「パーティの開始から終幕まで、ずっと外におりました」

「犬はすべて君の責任か？」

「他人には指一本触れさせません」

「信じるのは君の言葉しかない」

「疑っても結構ですが」

せつらは無言で、ベランダから庭へ降りる階段の手摺（てすり）につながれたドーベルマンに眼をやった。

それだけで、四つの唇がめくれ上がり、白い牙と唸りがのぞいた。

「凶暴かね？」

「心やさしくては番犬がつとまりません」

「操れるのは、君だけ」

「さようで」久根女は自信ありげにうなずいた。笑いをこらえているような表情であった。「ですが、探偵さんも大変ですね。そのような、下司（げす）どもの調査まで頼まれるとは。お金をいただくというのは辛いものです。犬の世話に明けくれる仕事のほうが、まだ世の中のためになるかもしれませんな」

密かな嘲笑に対する返事は、音もなく庭へ降り立ったせつらの姿だった。

久根女の顔が硬直した。

二人を取り囲み、せつらに牙を剝いていた四頭の猛犬が、眼に見えぬ手で押しのけられでもしたみたいに、すっと横へのいたのである。

「すると、彼はまだ邸内にいるか。君の育てた犬——眠っていたのではないか？」

久根女の表情が変わった。

せつらの挑発に気づいたのである。

それまでの明かるいぶりっ子笑顔が豹変し、その後にのぞいたものは、青白い陰惨な表情であった。

素顔だろう。

「私の犬が、役に立つか立たないか——お試しになりたいようですね?」

これも挑発であった。

久根女は立ち上がった。

同時にドーベルマンも気魄を取り戻した。

せつらの方を向いて低く唸った。

「まず、敵を察知した場合、瞬時に取り囲みます」

言うなり、久根女の唇から低い音が流れた。超音波発信器でも仕込んであるのだろう。せつらの四方を黒い稲妻が走り、正確に東西南北の地点で静止した。

足音ひとつ立てない。

これでは被害者は、攻撃されるまで包囲されたと気づくまい。まして夜ではなおさらだ。

「つづいて、威嚇」

四方から起こった唸り声は、それだけで常人なら失禁しそうな迫力があった。

「それで相手が闘争心を捨てればよし、さもないと——まず背後」

せつらの後方から頭上を越えて一頭が跳んだ。

軽々と前方に着地したときは、空中で捻った身体をせつらの方に向けていた。

しかも——

背後の空隙はすでに右側の一頭が埋め、その位置にも別の一頭が収まっている。

完璧な包囲網であった。

せつらの顔の前を、黒いものが流れた。

頭髪であった。

背後の一頭が頭上を越えざま前足の一閃で切り取ったものである。

切り取った?

——数十本に及ぶその根元は、鋭利な刃物による切断面を示していた。

「断わっておきますが、爪と牙はモリブデン合金です。日銀の大金庫の扉にも穴を開けられます」

久根女の声は静かに、邪悪な満足を含んで芝生を這った。

せつらがふっと笑った。

「もともと入れ歯か——では、怒られはしまい」

「なに!?」

久根女の声が尾を引いて、せつらの頭髪を奪った一頭に向けられた刹那——その口から牙が音もなく芝生へ落ちた。久根女の眼がかっと見開かれたのは、地を噛んだ前足の指からも、鋭い爪が剥がれるのを目撃したためだろうか。

頭上の犬とせつらとの間に、数十分の一秒、光るものが走ったのを、彼は見ることができなかった。

言うまでもない。せつらの操る特殊鋼の糸である。牙といい、爪というのなら、彼はまさしく無限長のそれを持っているに等しかった。

「夕食までに新しいのをつくってやるといい。——また会おう」

飄然たる影が、恐れげもなくベランダの奥へ消えて行くのを見送りながら、久根女と四頭の死の使いたちは、身動きひとつできなかった。

2

女は得だ、と言われる。

これには訂正が必要だろう。

美しい女は得だ。

と。

この場合、可愛らしいも同意語になる。

ただし、例外はある。

美しい男も得だ。

違う。

訂正。

とりわけ美しい男は得だ。

と。

その証拠に、せつらはその日の夕暮れ、手に入るはずもない小さなノートを片手に、舞踏会の出席者を訪ねたのであった。

質問はひとつだった。

あの屋敷でおかしなことに気づかなかったかどうか。

答えもひとつだった。

いいえ。

その後で別の答えが必ずついた。

部屋（ホール）にはシャンデリアの水晶が投げる明かりがきらめき、壁にはステップを踏む影が映った。

影も出席者なのかもしれなかった。

出席者は全員、十代後半から四十代までの男女で、全員が路傍（ろぼう）の石ほどの関係もなかった。

パーティの招待状と一緒に男には燕尾（えんび）服、女にはイヴニング・ドレスが贈られてきた。まるで測ったようにフィットする服を見て、人々は、貴族がどんな調査機関と仕立て屋（テーラー）を雇っているのか知りたがった。

ドレスには、ダンス・マシンが仕掛けられていたのよ。

二十歳になる乾物屋の娘はこう言い、

いいえ、魔法がかかっていたの。

十八歳のお茶屋の娘はこう言った。

誰もが踊れた。

軽やかなステップが魔法のドレスと靴のせいだとしても、ドレスと燕尾服の裾(すそ)をなびかせ、磨き抜かれた廊下にほのかな影を落とすのは、成りたての紳士と淑女なのだった。

フル・バンドはときに荘重に、ときに軽やかに、「ムーンライト・セレナーデ」や「イン・ザ・ムード」を流し、最後に、執事の斉藤氏が現われ、ラスト・ワルツを宣言した。

「オールド・ラング・ザイン」

螢(ほたる)の光。

ワン・フレーズの演奏が終わるごとに、照明はひとつひとつ消えてゆき――

人々はホールを出――

長いラストの旋律(せんりつ)を、闇と化したホールのドアが断ち切るのを感じるのだった。

あの一夜は、何のためだったのか。

なぜ、自分たちが選ばれたのか。

わからない。

どうでもいいことだった。

今はもう、もとの生活に戻っているのだから。

夢を見たのよ。

と誰もが言った。

幸せな、美しい夢を。

せつらは黙ってそこを離れた。

三〇名のラストは、西大久保公園の近くにある書店の娘だった。名前は夜木雅（やぎみやび）。二十三歳になる。

尋ねると、父親が飛び出して来た。

「てめえか――家（うち）の娘を連れ出したのは？　それとも仲間か？　断わっとくが、うちは売れねえ本専門の本屋だ。銭なんざありゃしねえ」

「それは見ればわかります」

せつらは、あわてて言った。

「何だと」

「いや、その――私は人捜し屋で」

差し出した名刺を見て、父親はうなずいた。

「よし、おれが雇おうじゃねえか。すぐに娘を捜してくれ」

「状況を、まず」

親父は店へ招き、お茶とせんべいを出してくれた。

せつらは厚焼きをひと口齧って訊いた。

「このせんべいは何処で？」

「近くの店さ。うめえだろ」

「死ぬほどまずい」

「正直な野郎だな、おれもそう思うよ」

「せんべいなら、秋せんべいが一番です」

「名前なら知ってらあ。えらくうめえんだってな」

「新宿じゃ一番です」

「なら、東京でも一番――日本一さ。なに、どいつもこいつも『外』の野郎どもぁこの街をけなすが、おめえ、住めば都だぜ」

「まったくです。それで――お嬢さんはいつから？」

「昨夜（ゆうべ）っからよ」

親父は茶を呑み干して言った。

「家出の理由でも？」

「わからねえ。それでも、幸せになれるよう育てたっもりなんだが……」

「失礼ですが、奥さまは？」

「いねえよ。あいつは餓鬼のときから、おれがひとりで育てたんだ」

「すると――」

「三日前、舞踏会から戻って来たとき、やけに興奮してたんだ。涙を流しながら、ぼうっとしてよ。何でかよくわからねえが、おれぁ、きっと出てくな、と思ったぜ」

「出て行く――か……」せつらはつぶやいた。日本一のせんべい屋の主人の顔で。三〇人目でやっと」

　彼は黒いコートのポケットに手を入れ、中のノートに触れた。

　L伯爵邸で借り受けた舞踏会の出席者名簿だった。執事の斉藤氏が、乞われるままに供してくれた一冊だ。彼は頬を染めてせつらを見ていた。過去の分も載っている。

　三〇人目に出現したような彷徨い人は、他にもいるのだろうか。

「写真を貸してもらえませんか？」

と、せつらは申し出た。


　書店を出て西の方へ歩き出し、小さな路地を曲がったところで、せつらは足を止めた。

　背後に二つの影が湧いた。

　濃紺の背広を着た男たちだった。

　ネクタイも地味で、Yシャツも白。

　やくざではないだろう。滲み出る迫力が違う。

　生来の乱暴ものではなかった。その気もないのに人を殺せる連中だ。

「何か用ですか？」

せつらは、ぼそぼそと訊いた。

「手を引きたまえ」

背後のひとりが言った。

たまえ、と言う以上、やくざではなさそうだ。

丁寧な言葉で脅しをかけられるという自信の持ち主たちを、誰が依頼したものか。

「困ったな――何からです？」

せつらはとぼけた。

「忠告は一度した。お互い、二度と会わんことを願おう」

濃紺の壁が消えるように男たちは去った。

せつらは宙を仰いで、溜め息をついた。

口元に浮いた明かるい微笑は、むろん、生命拾いをしたためではなかった。

3

女は、自分が男に抱かれている理由を理解できなかった。

真昼のオフィスである。

光が満ちていた。

ソファの背に上半身をあずけ、尻を掲げている姿が、黒々と壁に映っている。

尻の後ろにもうひとつの影があった。

動いている。

影が腰を引くたびに、尻と影との間に、黒い棒が生まれた。

それが快楽を掘り起こしつつあった。

あ……ン。

声が自然に洩れた。

全裸ではない。
明かるいオレンジ色のツー・ピースを付け、スカートを腰までまくり上げられていた。
尻だけが出ている。丸い、つややかな尻が。
四十になったばかりの淫らな尻だった。
貫かれる前に、舐められていた。
男は存分に舐めたと思う。飽くことを知らぬようであった。
涎が腿の裏にしたたった。
ときどき、歯を立てられ、女は呻いた。
仕方がないと思った。
男にとって女の尻がどう映るか、夫に聞かされたことがある。
情欲の対象というだけではない。
食欲さえ催す。
二つが連動している証拠だ。
それほど女の尻はいやらしくて、かつ、うまそうに見える。
人妻の尻ならなおのことだろう。
男は激しく突いていた。
女は濡れきっていた。
男が尻の肉を摑んだ。
ちぎれるほどであった。
触感も情欲を刺激する。
「いくぞ」
と、告げた。
「来て」と、女は叫んだ。「早く――早く、ちょうだい!」
そのとき、ノックの音がした。
男の動きが早まった。
昂ぶっている。
ドア一枚隔てた向こうに、誰かがいることに興奮しきっていた。

大声を上げた。

内側のものが熱い液を放出するのを女は感じた。

自然に尻が震えた。

男の呻き声をどう取ったか、書類を抱えた若い女が入って来た。

奇妙な声を上げて、立ちすくむ。

床が紙束を弾ね返した。

女はゆっくりと娘の方を見た。

自分の娘だった。

だからどうしたという思いが、まず浮かんだ。

かあさん、という声が聞こえた。

ばかもの。

と男が言った。

ままと言え、ままと。

不意に女は立ち上がった。

しぼんだ男根が抜ける感覚に喘ぎつつ、窓へと走る。体当たりした。

娘の悲鳴が聞こえた。

陽光に散じたガラスの破片は、通りかかった人々の頭部や首筋に美しく突き刺さり、とどめをさすように、五三キロの女体が一二メートル下の舗道に激突した。


部屋には、ワルツが流れていた。

ふさわしい曲であった。

豪華絢爛たる居間である。

ふさわしくないのは主人と、その前に立つ二人の男たちであった。

「ひと思いに片づければよかったと思いますが」

濃紺のスーツを着たひとりが言った。

「警告だけでいい。今のところはな」

答えてから絵瑠宮氏は煙るような眼差しを空中に据えた。

「次の舞踏会には、彼にも招待状を出さんといかんな。――それはそれとして、あの美しさ……わしの生命取りになるかもしれん」

彼は男たちを見上げ

「ところで、長官はあれをお気に召したかな？」

「たいそう喜んでおられます」

と、二人目の濃紺が言った。

「年々、申し分のない出来になってくる、と。ただ、他にも同じようなものを当てがわれる人間がいるかと思うと、釈然となさらんそうですが」

「今のところは、そう多くはない。わしはこれでも厳格な規準で選出しておるつもりだ。むろん、失敗作もある」

「失礼ですが、処分なさっておいででしょうな？」

「当然だ」

絵瑠宮氏の視線を向けられ、男たちは動揺した。

「では、『教育』にとりかかる時間だ。失礼する」

絵瑠宮氏は立ち上がり、居間を出た。

男たちには眼もくれない。

ゴブラン織りの分厚い絨毯を踏んでエレベーターのところへ行き、地下へ降りた。

階上に負けぬ豪華な廊下を渡り、大きなドアの前で止まった。

顔が歪んでいる。

笑っているのだが、そう見える。

どんな女でも怖気をふるいそうであった。

それから『教育』が始まるのだろうか。

絵瑠宮氏はドアを押して入った。

低い悲鳴が湧いた。

若い女のものであった。

「では――基礎教養の三、『音楽』からだ」

閉じつつあるドアの向こうから、真摯な『教育者』の声が聞こえた。


娘の屍体は、朝の冷気のせいか、ひと回り縮んで見えた。霧がたちこめる、ビルの谷間の空地であった。白い紗膜が三メートル先の視界も封じている。

豊かなはずの下半身も、半ば透き通った蠟細工のようであった。

腿の途中まで垂れた精液も凍りっいている。

頸についた青黒い筋が、妙に生々しい。

「もったいねえことしやがる」

警官のつぶやきを聞きながら、秋せつらは屍体のそばから立ち上がった。

「いつもご苦労なことだな」

すぐ背後で、室賀警部が言った。揶揄しているのか、心底からの声かは、せつらにもわからない。

「署内に情報網でも持っているのか、一度調べてみないといかんな」

せつらは答えない。

何かを考えているように、束の間眼を細め、すぐ、広場を見渡した。

もとは駐車場である。

その片隅に投げ捨てられた小さな屍体と蠢く人々は、まこと〈魔界都市〉の住人にふさわしかった。

出入口の方で叫び声が上がり、銃声が木霊した。獣の苦鳴がはっきりと冷気を破った。

「どうした!?」

怒鳴るように訊く室賀警部へ、

「野犬です。二、三〇匹はいます。すぐパトカーへ戻ってください！」

「屍体食い（グール）どもが来やがったか」

と、警部はまだ三十代に見える若々しい顔へ、精いっぱいの皺をつくってせつらを見た。

「どうする？　――おれは行くが」

「いつもどおりに。僕は残る。ここはもともと、奴らの狩場だ」

「それもそうだな――じゃ、気ィつけろよ」

「その前にひとつ。――あの娘の屍体、昼まで貸してはもらえないか？」

警部の眼が光った。

「そうだな。この冬はＧＭのエア・コンがほしいところだ。どんなボロアパートでも南国に変えられるってよ」

「秋葉原から送らせる」

「それと、あいつらの口止め――ひとり三万で三六万」

「渡してあるカードから下ろしてくれ。クレジット会社には伝えておく」

「ほっほー、じゃ、好きにしな。ただし、昼までだ」

警部が踵（きびす）を返すとすぐ、短機関銃（サブマシンガン）の音が轟き、犬の咆哮（ほうこう）が上がって消えた。

エンジン音とサイレンが混ざり合ってどこかへ走り去ると、黒い小柄な影がひとつ、ふたつ、足音を忍ばせるようにして広場へ入って来た。

野犬である。

この広場に、定期的に屍体が投げ込まれるようになったのは、いつ頃からだろうか。

行き倒れ、浮浪者、凍死した酔っ払い、ギャング……身元を隠す必要のない死者の肉を求めて、やがてカラスが、野犬が群れをなすようになった。

ずいぶん前から徹底した掃討戦が行なわれているはずだが、血と肉に飢えた獣たちは、何度追い払われても現われ、やがて、殺人者、屍体遺棄者たちの当初の目的とは逆に、三分もあれば、文字どおり骨まで始末される広場は、絶好の屍体処理場として利用されるに至った。

夜明け前——娘の屍体が放棄されてからすぐに、二区画(ブロック)ほど南で、肉屋の運搬車が事故を起こさなかったら、娘は死顔すらさらさず終いだったろう。

いま、彼を取り巻く唸り声は、それにもありつけなかった遅れて来た獣たちの洩らすものに間違いない。

せつらは歩き出した。

四方から無数の影が跳ねた。

そのすべてが空中で、眼に見えぬ刃に触れたかのように両断されたのである。

赤い霧が生まれた。

「悪く思うな。僕も狩人——今、狩られるわけにはいかん」

つぶやいて歩み去る影を、生き残りの犬たちは、仲間の残骸を貪(むさぼ)るのもやめて見送った。

彼らにもその怪異がわかるのか、長身の影の後を、覚つかなげな足取りでついて行くのは大地に横たわっていた少女の屍だったのである。

三光町にある高級レストラン『ハート・ビープス』の主人・崎山重臣(さきやましげおみ)は、町でも有数の人物として通っていたが、その日の昼、すべての名声を地に墜とす奇妙な二人連れと出くわすことになった。

昼休みを利用して、彼は近所のサウナに出掛け、たっぷりと汗を絞ってからプールに戻った。

大枚を払っての貸し切りなので、彼の他には誰もいないはずのプールに、女の後頭部が見えた。

「おい、君――」

崎山はあわてたふうに――現にあわててはいたが――言った。

「ここは貸し切りだ。こっちを向いてる間に出て行きなさい。女用は向こうだ」

「そっちを向いちゃいや」

崎山の背筋を冷水が走ったのは、抑揚のまるでない、死人みたいな口調を、確かにどこかで耳にした覚えがあるためであった。

水をはねのけ、そっと近づく足取りは、不気味な予感に充ちていた。

「おい――」

手を伸ばした途端、女の顔は水中へ没した。

「何を――」

みなまで言う前に強く足を引かれ、崎山は転倒した。鼻孔からも水を吸い込み、むせながら起き上がる。

手の呪縛は脱していた。

「この女あ、何しやがる!?」

地を出せば、その辺のやくざでも震え上がる迫力だ。

眼の前に、ぽっかり顔が浮かんだ。

女の顔が。

昨夜始末されたはずの、もと従業員――清水由香里の顔が。

「しゃ……ちょう……さん……」

白蠟のような顔の中で、光のない眼がじっと彼を見つめていた。

絶叫を放って振り向く肩に、どっと冷たい身体がのしかかり、崎山は夢中で身をもがいた。白く冷たい手が首に巻かれた。

「行っちゃ……いや……しゃちょうさん……あた

し……離れ……ない……」

そのまま、ぐいと首に食い込んだ手の強さ、腰に巻かれた脚の強靭さ。崎山の理性は完全に失われた。

「やめろ、やめてくれ。離れて。おれが悪かった！」

月並みな台詞を撒き散らしつつ、プールじゅうを逃げ回る。その耳元で、

「どうして……殺したの……あたしを……」

「おめ、おめえは、おふくろとおれがやっているのを見た」

無我夢中で崎山は叫んでいた。

解放されたい一心であった。

「どうして……母さん……が……あなたと」

「おれが、おれが買ったんだ。三千万で、いい女――たっぷり上流の気分を味わえる性交奴隷が買えるからってよ――許して、許してくれぇ」

「……誰から買ったの？」

「歌舞伎町の大貫って男だ。正体はわからねえ――おれも、二、三度しか会ったことがねえんだ、祟るなら――祟るなら、あいつに祟ってくれ」

「どこで……会える？……」

「今日――金を受け取りに……店へ……」

「なるほどな――さすが煙草屋のおばさん。あの出席リストから、家族の顔写真まで集めてもらった甲斐があった」

突如、声が変わったと、崎山が理解するまで数秒かかった。眼の前のプールの縁に、世にも美しい若者が身を屈めていた。

恐怖さえ忘れ、恍惚と崎山が眺めたのは、行きつけの情報屋に頼んで、舞踏会出席者の家族まで捜し出し、朝のうらぶれた屍体に、ひとりの娘の

面影を見いだした、秋せつらの顔に他ならなかった。

4

皺が目立っても、斉藤執事の指は美しかった。

淡い薔薇(ばら)の透しが入った白封筒にカードを封じるとき、厚紙の縁を彩る金色の線が、繊細な指先をかすかに色づかせ、わずかな力を込めて折られた封筒の付け根にも、その色合いがうっすらと移るかのようであった。

醜悪な眼差しが、これを見るときだけは、子供のように純粋な感嘆を浮かべる。

「芸術品だな――私の招待状にふさわしい」

絵瑠宮氏――L伯爵の賞讃にも、斉藤執事の老顔は崩れない。

机上に置かれた封筒の束は五〇通に満たぬとはいえ、彼自身の満足がいく作品を産み出すには、薄い水晶片のように脆くて壊れやすい繊細な作業が必要なのであった。

最後の一枚が封を閉じられるころ、窓の外は夕映えが覆っていた。

河田町――フジテレビの廃墟が黒い影を落とす、高台の大邸宅からの遠望を妨げる高層ビルは、付近に存在しない。

いわばこの土地は、大地を睥睨(へいげい)する天上の楽園なのであった。

「五一通――いつもより多うございますな」

と、投函役の執事を呼ぶべく銀の鈴を持ち上げながら斉藤氏は言った。

「これでは、パートナーがひとり余ります」

「わしか、おまえが相手をすればよかろう」

「それはかまいませんが、あの方がお厭ではないかと」

「そうでなくてはならん」L伯爵はうなずいた。「だからこそ、招く価値がある。真の美醜を見抜く眼を持つ者こそ、最良の作品に仕上がるのだ。おさおさ、もてなしの手を抜くでないぞ」

「承知いたしております」

斉藤執事は優雅に一礼した。

「絵瑠宮家の名にかけ、最良最高のおもてなしを」


夕映えが〈魔界都市〉の相貌を美しく真紅(しんく)に染めていくその少し前、歌舞伎町のとあるビル一階すべてを占める「フレッシュ・センター」なるオフィスは、活動を始めて以来、前代未聞の上玉を迎え入れた。

残念なのは、その若者が、幸運ではなく殺戮と死をもたらす使いだということだった。

「大貫さんはいるか？」

どこか間の抜けた声に、応対に出た蝶ネクタイのマネージャーも拍子抜けの表情をつくった。恐るべき美青年の口にした名前は、けっして表の社会で洩らしてはならぬものだったのである。

「何だね、あんたは？　そんな人はいねぇよ。さっさと帰りな」

「えー、大貫さんはいますか？　大貫さん？」いきなり青年は、ドアの真ん前で喚きはじめた。「先日、崎山重臣さんにお売り飛ばしになった清水かなえさんと、子分に殺させた清水由香里さん母子(おやこ)の代理のものですが、僕は」

「ば――馬鹿野郎！」

摑みかかろうとして、マネージャーの全身は突如硬直した。

全神経と筋肉に停止を命じるほどの激痛が、首筋に走ったのである。

「大貫さあん」

美青年——秋せつらはもう一度、眠たそうな声を張り上げた。

奥のドアが開き、屈強な男たちがその周囲を取り囲むのに、五秒とかからなかった。全員が濃紺の背広を着用していた。

「また、会ってしまったな。二度と忠告はできんよ」

どこか残念そうな声に、せつらは軽いウィンクで応じた。

誰が促すでもなく、一同は奥のドアをくぐった。

黒檀(こくたん)の大テーブルの向こうに、恰幅(かっぷく)豊かな和服の影が腰を下ろしていた。

「よく来たね。君のことだ。いずれは捜し当てると思っていたよ。崎山はあれでなかなか口の固い男だが、君にかかると一秒ともたなかったそうだな。両手両脚を斬り落とされては死んだほうがましだろう。彼は私のほうで処分しておく」

和服の中年——コンパニオン派遣業「フレッシュ・センター」社長・大貫巌(いわお)は、右の耳に詰めた電子通話カプセルを軽く叩いて言った。

「崎山ばかりじゃない。どんな相手もそうだ。これでは、新宿の謎がひとつ残らずなくなってしまう。そうなる前に手を打ったほうがよさそうだ。準備の時間はたっぷりあったよ。崎山を殺しておくべきだったな」

テーブルの手前の端と床の接点あたりで、かすかな音が鳴った。

あと四つ。

せつらを囲む男たちの右手の上で、安全装置をはずす音が。

　それぞれ、美しい額と喉と心臓と腹に狙いをつけた銃口は、最新型の短針銃（ニードルガン）のものであった。

　高圧ガスで射ち出される長さ一ミリ、太さ数ミクロンのタングステンの針は、チタン合金をも貫き、神経障害を引き起こす。まだ新宿に出回って数日の品だ。大貫は武器の売買も手がけているらしかった。

「崎山はどうでもよかった」

　せつらは相も変わらぬとぼけた声で言った。

「順序の問題さ。僕が最初に彼のところへ回ったのは、母親も奪われ、自分も始末された女の子の気分を味わわせてやりたかったからだ。あの広場で――そりゃあ寒そうだったな。ついでに申し添えると、あんたに連絡を寄越した時点で、彼の首は胴とおさらばしてるよ」

　大貫の眉が端から吊り上がった。

「すると――ほう、崎山に聞く前からわしのことを知っていたというのか？」

「正確には、この用心棒たちと出会ってから二時間後だな。私の資料にこう書いてはなかったか――会うのは殺してからにしろ、と？」

「尾けていたのか――貴様!?」

　せつらに忠告した男が叫んだ。

「いいや」

　否定しながら浮かべた笑いの、なんという妖艶さ、美しさ、そして、恐ろしさ――ぼくが私に変わったことを、男たちは意識していない。

「驚いた男だな――聞きしに勝る」

　大貫が、机の向こうで両腕を組んだ。

「となると、早目に『カーテン』を張っておいてよかったか。風圧式だが、その短針銃も通さんよ」

大貫の合図で、せつらの左側に立つひとりが銃口を主人に向けた。

溜め息のような発射音は、せつらの耳にしか聴こえなかったかもしれない。机の端から三〇センチばかり上空に、タンポポの羽毛のようにきらめく小さな円塊が誕生し、音もなく四散した。

「これで君も、ことわしに関しては、単なるでくの坊に成り下がったわけだ。つまり——いつでも始末できる」

せつらは動かない。

「本来なら、とうの昔に片づけておくべきだった。しかし、君、ハンサムというのは得だな。殺すなとの命令が出されたよ。わし個人も君のことを調べてみて驚いた。よほど上のほうとつながりがあるのかね？　とてつもない力が——」

「三千万円の女——どこから仕入れて売っている？」

大貫の話を断ち切るようにせつらが訊いた。

「答えねばならんのかね？」

「この男たち、オフィスのガードだけが仕事ではあるまい。なかなか、躾けが行き届いている。あそこで鍛えられたものか？」

「はてね——そんなこと訊いてどうする？　いずれすぐ、死なねばならぬものが。それよりひとつ答えてもらおう——誰に頼まれて、うちの商品のことを探る？」

「誰にも」

せつらは首を振った。それですら、四人の包囲網の胸に妖しい感情を湧き立てる美しさがあった。

透き通った肌、絶妙の直線と曲線とが構成する鼻梁、淡い紅（くれない）を湛えた唇、半ば閉じられた瞼の上に、睫毛が青い影を落としている。

大貫は眉をひそめた。

「では、なぜ、嗅ぎ回る？」

「女の件はどうでもいい——私の用は別にある」

「なにィ!?」

驚愕と威嚇に満ちた声も、せつらの横顔に呑み込まれた。

せつらは天空を見つめていた。

「パーティは明日か——招待状が来ている頃だが」

その声と姿に何を感じたか、大貫の合図を待たず、四人の男は人差し指に力を加えた。

その指が、まさしく引金に触れた部分から音もなく切断されたのは次の刹那であった。

切り口から伝わる激痛に、しかし、殺しを業とする男たち(プロ)が、それだけで身動きひとつできなくなるわけがあるだろうか。

誰も見なかった。誰にも見えなかった。

せつらの指の間から床に垂れ、床を走り、男たちの指と首に巻きついた特殊鋼の糸を。それは肉を切り骨をも断つばかりではなく、生物の神経系に想像を絶する苦痛を与え、それを増幅する。

いつ、どうやってなどと考える余裕もなく、男たちの脳は灰のごとく白々と灼き切れていた。

大貫が操作したものか、別室へのドアが不意に開いて、新しい用心棒が駆け込んで来た。

小脇に抱えた短機関銃(サブマシンガン)の自動照準器(オートエイミング)がせつらに銃口を向ける。

狭い空間を火線と銀光が交差した。

短機関銃のプラスチック薬莢(やっきょう)が優雅な弧を描いて床に散らばる。

風圧カーテンの向こうで、大貫が何か叫んだ。

部屋には血肉が渦巻き、のけぞったのは、見よ、すべて彼の配下ではないか！

新たな侵入者たちは仲間の短針銃を急所に受けて即死し、裏切り者たちもまた、火器の連射に満身を朱に染め、床に伏している。

むろん、突然の宗旨替えでも気が狂ったわけでもない。短針銃を握った男たちの身体は、別の人間の支配に委ねられていたのである。

一本の、眼にも止まらぬ細糸を用い、獲物の神経系をも自在に操る美しき魔人に。

秋せつら——ある者はこう呼ぶ。

人形使い——

と。

茫然とせつらを見つめる大貫の顔が、ようやく生気を取り戻したのは、風圧カーテンがオンになっているのを確かめてからであった。

「世の中には恐ろしい奴がいるものだな。このカーテンの発明者に金一封を贈らねばならんか。——その四人、さっきおまえに会ったときから術にかかっていたとみえる」

せつらは答えず、大貫の方を見ようともしなかった。

「ある晩、ある屋敷で舞踏会が開かれた」

つぶやきに近い声を、大貫ははっきりと聞いた。

「そのパーティにひとりの盗っ人が忍び込み、行方不明になった。後日、僕がパーティ出席者の家を訪問した帰り、ここに休んでいるゴロツキどもに、事件から手を引くように忠告を受けた。新宿の真ん中で開く舞踏会だ。ガードマンなしでは済まん。あの晩も、こいつらはそこにいたのではないか」

「訊きたいか？」

ようやく風圧カーテンへの信頼を自信に変え、

大貫は嘲笑を浮かべた。

「だが、そうもいくまい。おまえはここで肉塊となるがいい」

机の手前に設置された武器（ウエポン）コントローラーのボタンへ、大貫は親指を当てがった。壁の四隅に設けた二〇ミリ・バルカン砲は、毎分七千発の猛打で、美しい死神を肉塊と変えるはずであった。

為す術もなく立ち尽くす敵を見ながら、大貫は指に力を加えた。

確実な前進感。

凄まじい白光が視界を埋めた。

それが、彼の神経がもたらす激痛の視覚化だと、大貫はついに理解できなかった。

毛穴という毛穴から針を突き刺される感覚。

白一色と化した世界で、美しい声だけが妖々と流れた。

「こいつらは、初めて会ったときから死んでいた。さっきではなく。おまえも同じだ。時を言うなら、僕がこの部屋へ入った瞬間に」

その瞬間、一本の見えざる糸が自分のどこかに巻きついたと、大貫には理解できなかった。

「この糸はおもしろいことをする」

美しい魔人は、せんべい屋の若主人の顔で静かに囁いた。

絶対の防御壁で敵とへだてられながら、何をされたのか、大貫の全身は、このときすうっと白く変わっていった。

「直腸温三三度……三二度……三一度……これ以上下がると生命（いのち）がない。では、上限はどうだ？」

腹腔から全身にたぎる熱を大貫は感じた。

「四〇度……四一度……おまえにはこれが限界だろう」

脳髄まで白く焼け爛れた灼熱の世界で、大貫は自らを操る人形師の声だけを聴いた。

「あの広場で腐りかけていた少女に勝る好条件を与えよう。——どちらで死にたい？　熱気に狂い死ぬか、冷気で骨の髄まで犯されるか？　あの少女には許されなかったことだ。おまえに対する私の質問も、その答えも、じつはどうでもいい。さ、どちらを選ぶ？」

「やめて……やめてくれ……」

大貫は、ようよう言った。

「何でもしゃべる——金をやる。……だから……」

青年の美貌に意志の影が動くのを、大貫は心の底から感謝した。

5

ホールには青い光が満ちていた。

イヴニング・ドレスと夜会服の影はもつれるように床を流れ、「イン・ザ・ムード」の曲名も知らぬ出席者たちは、旋律に合わせてみごとなステップを踏む自分たちの姿に、恍惚たるひとときを過ごした。

酒屋の親父が銭湯の娘と蝶のように舞い、青い光は限りなく溢れて、パートナーたちの身体を染めた。

服に仕込ませたダンス・マシンの調整は完璧であった。

ただひとつ、今宵の舞踏会を不完全ならしめているものがあった。

「彼はまだ来ないか？」

モニター室の三次元スクリーンを凝視しながら、L伯爵は指輪に嵌め込んだ黄金の獅子に訊いた。

「――ちょうど、今」

返事は右耳の奥でした。

「南の塀を乗り越えて侵入して来ます」

「おもしろい」

と、伯爵は蝦蟇とも狒狒ともつかぬ顔を歪めて笑った。

「前回の雪辱を見せてもらおうか、久根女。犬たちの改造は完了したろうな？」

「はっ」

澄んだ夜気の中に獣の匂いが混じるのをせつらは看取った。

拳の間から一本の糸が地に走る。

「やはり、犬か。四頭――この息づかいは――パワー・アップしたな」

淡々たるつぶやきは、垂らした糸が大地に伝わる微妙な振動を受信し、せつらの指先がその正体までを見抜いた証拠だろうか。

まだ、影すら見えぬ広大な闇の一角へ、せつらは右手を振った。

今まで感じたことのない手応え。敵は歩みを止めず、四方から接近しつつある。

「無駄な真似はおよしなさい。ドーベルマンたちの皮膚にはセラミック合金が散布してあります。どんな武器でも切断は不可能だ」

どこかに仕掛けてある高周波マイクが、聞き覚えのある若い執事の声を発した。

「好敵手(ライバル)に手の内を見せるべきではありませんでしたね。彼らは到着次第、あなたを八つ裂きにする。さ、お逃げなさい。万にひとつの可能性を拾えるかもしれない」

「あのこそ泥もこうやって殺したのか？」

せつらは動かずに訊いた。

怜悧（れいり）な双眸は天空を占める月輪に注がれていた。

足音が不意に湧き上がり、不意に迫った。

距離は四メートル。

疾走した獣の息づかいはない。

せつらは眼を閉じていた。

夜気にはジャスミンの香りが混ざり、遠く遠く

――「ムーンライト・セレナーデ」

その両眼がかっと見開かれた。

鬼気ほ柑手をすくませず、かえって八方破れの跳躍を促した。

四つの牙が交差する中心にせつらの喉があった。

獣の影は、対角線で結ばれた仲間の占めていた位置と、寸分変わらぬ個所に停止していた。

その三個が青い炎を発したのは、次の刹那であった。

超小型エネルギー炉の暴走による高温焼却のスピードは、三秒でシリコン・スチールの骨格を灰とするに足りた。

「き、貴様――何をした⁉」

屈めた身をゆっくりと起こすせつらを、久根女は認めたらしかったが、彼の拳から放たれた特殊鋼の糸が、サイボーグ犬たちの口腔から体内に侵入し、エネルギー源なる炉心そのものを破壊したとは想像もつかなかったろう。

ましてや、残る一頭が突如、邸宅めがけて疾走に移るとは――

その後を追うでも、見送るでもなく、せつらは悠然と歩き始めた。

玲瓏(れいろう)とかすむような侵入者の美貌を、L伯爵はけだるげな眼で迎えた。

「ようやく来たな」

眼をモニターに向けたままうなずく。

「教育し甲斐のある出席者はいたか？」

せつらの問いにも、伯爵は驚いた様子を見せなかった。

ゆっくりと椅子が回転し、うるんだような瞳がせつらの貌に当たる。

形容し難い色が、絵具のように湧き上がってきた。

「やはり……来たか。来ると思っていたぞ……そうでなくては、今宵の舞踏会は成り立たん」

「踊っている暇はない」

せつらは静かに言った。

すべてを告白した大貫の身体を八つに裂いてから、平凡なせんべい屋の主人(あるじ)に戻ることはなかったのか、魔人の妖気は声の隅々にまで行き渡っている。

伯爵はぞくりと震えた。

「用件は別か。招待状を送ったはずだが、つれないのお。ま、よかろう。こっちへ来い」

モニターの画面で軽やかに舞う影へ一瞥を与え、伯爵は先に立ってドアを出た。

広い廊下を、二人の似ても似つかぬ影が滑っていく。

せつらが足音を立てぬのに、伯爵はいたって感心したようであった。

広壮な階段を降り、ほどなく二人は、地下室のドアの前に立った。

「ここ数年、わしは不遇だった」

スイッチを押しながら伯爵は、これも醜い声で唸るように言った。青い光が二人を包む。

「わしともあろうものが、満足のできん作品を世に送り出しては、いくばくかの収入を手にしただけだった。これではいかん。わしが精魂傾けた『教育』の成果は、それにふさわしい人間が身につけることが必要なのだよ」

光の中に、奇怪な部屋と装置が形を成していった。

「ひとりの——まったく素養のない下町の小娘を一人前の淑女に仕立て上げるのに、どれほどの労力がかかるかおわかりか？」

伯爵の芋虫みたいな指が、せつらにも用途不明の機器のひとつひとつを指す。

「睡眠学習装置……脳皮質機能増幅器……すべて、わしが開発したものだ。従来のものより、一五〇パーセントは効率が増しておる。……だがな、いかに知識を身につけ、教養を高めたとはいえ、淑女にふさわしい品だけは、これだけは天性の資質と、その目的にのみ奉仕する『教育期間』が必要だった。……わかるだろう、君ならば」

「素材の問題か」

と、せつらは言った。

取り巻くメカも光も、この青年に何ら感慨を与えることができぬようであった。

「そのとおり。夜ごとの舞踏会は何のためだ？　その日その日を虫けらのように地を這いずって送る奴らに、一着五〇万円もする舞踏ドレスを送った理由は何か？　すべては真の淑女たる傑作を送り出すためよ」

初めて、せつらはひとつの意志を込めて醜悪な顔を見つめた。

娘たちは言っていた。

美しい夢だった、と。

感謝ではなかったか。

自分たちの踏む優雅なステップが、貞淑な性交奴隷の選別儀式だったと、誰が知ろう。

「なぜ、舞踏会を開いた？」

せつらは尋ねた、どうでもいいように。あるいは、他に訊くこともないかのように。

「わしは踊れん。この肉体ではな。だが、彼らは一夜のスターになれた。淑女を選ぶのだ。それくらいの道楽は許されようさ」

優雅に舞う市井の人々から、美しい奴隷を選び出す。それは醜悪への哀しみと取るべきか、歪んだ怨念と言うべきか。

「何にせよ、ようやく傑作を見つけた。――来るがいい」

奥のドアをせつらは通り抜けた。

クラシックな寝台の上に横たわる娘は、古本屋のひと粒種にしては美しすぎるといえたろう。

夜木雅。

選ばれた娘だ。

「すでに『教育』の初歩は完了しておる。古典教養はヴェルギリウスの詩からオマル・ハイヤームの警句まで。ダンスはワルツ一本槍だが、世界選手権に出してもひけはとらんよ。もうひとつ――別の愉しみもあるが」

L伯爵は青い光を押しのけるように、寝台のかたわらに立った。

ジッパーをはずし、そそり立ったものを出す。

彼の身体器官で他人を凌駕し得るのは、それだけだったろう。

雅は身を起こした。

片手で根元を握り、唇をつけた。

すぐには含まず、閉じた唇の先で滑らかな先端をこする。

Ｌ伯爵は呻いた。

「わかるか――これだけは、わしが手ずから仕込む。手の動き、唇のしゃぶり方、すべてが淑女のものだ。風にも折れそうなたおやかさと商売女の技巧――これこそが女だ」

「商品さ」

せつらの答えに、伯爵は鼻先でせせら笑った。笑おうとして、低く呻いた。

雅の舌は最後の仕上げにとりかかったらしかった。

伯爵が腕を回してその頭を抱く。

注いでいる。娘の口の中に。

喉仏が動いた。

伯爵が腰を引く。

女の口と伯爵のものとの間を、白い糸が引いた。

上気した顔を恥ずかしげにせつらから隠し、娘はまた寝台へ戻った。

「何人いる？」

せつらが、気のなさそうな声で訊いた。

「ざっと二〇名――少ない。まことに少ない。だが、真の淑女ともなれば、それが当然だな。わしの娘たちは、一度たりとも不評を買ったことがない」

「顧客は大貫が捜して来るのか？」

「そうとも――訊かなかったのかね？　わしたちは組んで仕事をしていた。わしは教官だ。営業は彼のような二枚舌がやればよい。――リストを見たのかね？」

せつらは沈黙を保っていた。

「……防衛庁幹部、保守党の代議士、教育界の大物……わしが知っているのはそれくらいだ。相手など、どうでもいい。ときには、おまえに忠告を発した奴らのような、些細な役に立っ小道具も用意できるでな」

「その娘――もらって行こう」

「ほう。やはり欲しくなったか。ま、わしの宝だ。無理もないが、黙って連れて行かせるわけにはいかん。この娘はなかなかの作品だ」

「僕が手を下さなくても警察は調査中だぞ」

「警察が役に立つのなら、わしは新宿へなど入って来んよ」

伯爵はじろりとせつらを眺めた。

粘っこい視線だった。愛しいものを見るときに似ていた。

「しかし、来た甲斐はあった。捜し屋が捜されては不服だろうが、我慢してもらおう」

せつらは動かない。

奥の壁が左右へ流れた。

人影が湧いた。四つ。どれも全裸の男たちだった。盛り上がる筋肉の筋は、股間の怒張をも平凡に見せた。

「『教育』は男にも施すことになっておってな」

伯爵は自慢げに笑った。

妖怪としか見えなかった。

「もっとも、女にくらべてレベルは、はなはだしく劣る。男など、筋肉とあそこさえ丈夫ならどれもが傑作だ。こいつらも、もとは骨と皮ばかりに痩せこけた新宿の浮浪者ども。荒事(あらごと)にはもってこいの作品だ」

それから男たちの方を向き、

「傷ひとつつけてはならんぞ。急所を突いて倒すのだ」

声の終わらぬうちに、男たちは前進した。

体重を感じさせぬ動きは、五メートルもの距離を一気に詰め、しかも、ゆるやかな歩みとしか映らなかった。

五指を伸ばした右手がせつらの首筋へ走る。

施された『教育』には、人体の急所と、もっとも効果的な攻撃の角度、パワー、スピードが含まれていた。それを可能にすべく造り出された筋肉は、一キロ当たり五〇万円の強化費用を必要とした。

人差し指と中指の間から、細い線がまっすぐ肘まで伸びた。

それがすっと消えた。

せつらの眼が妖しく光る。

素手の攻撃に対し、久しぶりに彼は動いた、指先は間一髪で喉をかすめて走った。

静かな突進をかける男たちめがけて、秋せつらは死の糸をふるった。

頸と胴に朱線が刻まれ、音もなく消えた。

飛燕(ひえん)の速度で繰り出される指拳をかわし、せつらは軽々と跳躍した。

男たちの頭上を飛び越え、背後の床に立つ。

「奇態な技を使うな。だが、そいつらは細胞修復処理を受けている。どんな傷も〇・五秒とかからず回復するのだ」

自信たっぷりな伯爵の声は、せつらに淡い微笑を浮かばせたに留まった。

「やむを得ん。多少傷つけても、後で処置する。手足をへし折って捕えろ」

新たな指令に、ロボットと化した男たちは歓喜の色も示さず、せつらへ殺到した。

「すまんな」

低い謝罪とともに伯爵は見た。

せつらを襲ったはずの男たちの頭部から股間にかけて、曖昧に一線が走り、傷痕を残さぬ殺人者たちは、どっと床に伏していた。

驚愕に見開かれた視線がせつらを捉えた。

「馬鹿な。――どうやって……？」

「〇・五秒以内にもとに戻る」

せつらは、予想どおりの実験結果を告げる科学者のような声で言った。

「ならば、〇・一秒で断てば、ダメージは普通人と変わらん」

「貴様……何者だ？」

「人捜し屋（マン・サーチャー）さ」

せつらは妖しく笑った。

「あのパーティの晩、忍び込んだこそ泥はどうなった？」

身を翻した人間蝦蟇の左耳がひょい、と空中に飛んだ。

血潮と絶叫が部屋を揺する。

「わしの耳を――やめてくれ。これでも、でき得るかぎり整形をしたんだ」

「こそ泥はどうした？」

「女をやる。この女を――外のどんな女より数層倍の上玉だぞ」

せつらの右手が動いた。

右耳が落ちた。

伯爵の側面はみるみる血に染まった。

「やめろ――女だ。連れて行け！」

「こそ泥は？」

せつらは淡々と繰り返した。

「馬鹿な。わしの女より、取るに足らんこそ泥のほうが気になるのか？　これでも、超一流の貴婦人だぞ」

「女に用はない」

「なにィ！」

伯爵の眼が狂ったように吊り上がった。

「女の父親からの依頼を、僕は受けなかった。別の仕事中なのでね。用があるのはひとつ――こそ泥の行方と、そうしむけた奴だ」

「……雅、雅――こいつをよがらせろ！」

伯爵の声と一緒に、寝台から雅が立ち上がった。

口元にこびりついた精液は、すでに舐め取ったらしく、跡形もない。

そっとせつらに近寄り、その前に跪いた。

右手でスラックスの上から股間の愛撫に入る。

ジッパーをはずし、引き出して含んだ。

せつらは動かない。

美しい表情の名はつねに――「無表情」だ。

赤い唇がその先を含むのを、伯爵は見た。

吸う音と、舐める音が鼓膜を揺すり始めた。

「無駄だ」

と、秋せつらはにべもなく言った。

女の口腔内で奮い立つはずのものは、力なくうなだれたままであった。

「そんな――そんなはずはない。わしの造った娘にかかれば、地獄の悪魔でも五秒ともたないはずだ。それが……」

ぴしっと空気が鳴って、伯爵の鼻が付け根から削り取られた。

「こそ泥はどうした？」

伯爵に決断させたのは、異世界の恐怖だったかもしれない。

「庭の護衛が見つけ、罰として犬どもに……食わせた」

せつらは、うなずいた。

「残念ながら、仇討ちはわがセンターの服務規定に入っていない。ただし、二度とこんなことができないようにさせてもらおう」

「やめてくれ！」

叫びは苦鳴に変わった。

伯爵の両脚は、膝から断たれていたのである。

次の瞬間、手も。

四方へ血潮を振り撒きながら、伯爵の巨体は床へのめった。

「亡くした手足も『教育』で生かしてみるか？　ついでに、広場の娘の生命も？」

土気色の顔で、伯爵はせつらを仰いだ。

「貴様……」

「おまえの両手を奪ったのは、その娘へのサービスだ。——ところで、この娘、あちらのほうも強そうだな」

「そのとおり……」

死を悟ったか、伯爵は土気色の顔で笑った。

「……わしの指令がない限り、わし以外の男には反応せん」

「——では、試してみよう」

寝台へ手を差し伸べ、せつらは夜木雅を立ち上がらせた。

「ま……まさか……わし以外の……男に……」

「床に這え」

この若者の頭脳はどうなっているのか、父親の捜索依頼を断わったとはいえ、一度は救出を乞われた娘の尻を、せつらは美しい指で触れた。

それだけで、娘はのけぞった。

「貴様——何をしている？」

こう言ったものの、伯爵にも事態はわからず終いだったろう。

せつらの指から湧いた数百本の糸は、それぞれが淫乱な指と化して、雅の性感を刺激しているのだった。

あるものは刺し、あるものはこする。それは、実際の指と舌が生み出す反応に数十倍する刺激を女体に与えた。

「ああ……」

と、雅が頬を朱に染めてのけぞったとき、伯爵は憎悪と驚愕にまみれた顔で息絶えた。

「気がついたかね？」

手のひと振りで糸をしまい、他の男に刺激されることで伯爵の呪縛も解けた娘へと、せつらは石のような声をかけた。

数分後、屋敷の玄関を出かかる美しい二つの影に斉藤執事が走り寄った。

「いつ、いらっしゃいました？」

「伯爵は亡くなった」

せつらの言葉に執事はうなずいた。

「いつかはこうなると思っておりました。明日、この家はもぬけの殻でございます」

「久根女はどうした？」

「愛犬に襲われ、食い殺されておりました。あなたのお捜しになっていた泥棒を殺したのは、彼でございます」

「あなたは無関係？」

「はい」

せつらはうなずいて、ポケットから一枚の封筒を取り出した。

「舞踏会はまだつづいているのかね？」

「はい」

「私は欠席させていただく」

世にも美しい指先の下で、白い紙は二つに裂けた。

足元に舞い落ちるそれを見ようともせず、斉藤執事は、走り行くせつらの背に向けて言った。

「ご主人さまは残念がるでしょう。今夜、選ばれるのは、あなたさまでございました」

それから、影たちが闇に溶けるのを見届け、封筒を拾い上げて溜め息をつくと、彼は閉じつつあるドアに一礼し、青い光に満ちた舞踏の席へ戻って行った。

影盗人

1

半年前。

それは、いつから半年前だろうか。わからない。

この都市には秩序立った時間など存在しないのだから。

昨日は今日、今日は明日、明日は昨日。

人はその中で生きる。

男も、女も。

女はとくに辛いかもしれない。

〈魔界都市〉で生きることは……

三光町の片隅にある蕎麦屋で、ひとりの若者が、茶色の線をすすっていた。

店内には数名の客がいた。

労務者らしい男と、〈区外〉の女観光客たち。やり手の新宿区長が〈魔界都市〉の観光化にも力を入れている。その結果であろう。蕎麦屋は〈区外〉の婦人雑誌でも紹介されたことがある〝有名店〟だった。

窓枠を寒風が揺すっている。

〈魔界都市〉の冬は〈区外〉より三〇パーセントも凍てつく。妖気のせいとも、時空間の歪みのためとも言われるが、原因はいまだに不明だ。

舌よりも眼が働いていた。

視線の中心に若者がいた。

粘い視線だった。男も女も。

若者は美しかった。

茫洋たる表情を補う美貌を見つめていると、観察者たちの眼は霞で覆われてくるのだった。

誰も知らない。

この若者の美しさが二つの顔を備えていることを。

いまひとつの仮面をかぶったとき、何が起こるかを。

秋せつらである。

無心に蕎麦を吸い込む口元を凝視する女たちの喉が鳴った。生唾を飲み込んだのである。

あの昼で——

と、想像したのであろう。二十代はじめの娘たちであった。何を考えているのか、毛穴から汗を滲ませながら、鼻から飛び出しそうな勢いで丼の中味を吸い込んでいる労務者たちまでが、女たちと同じ種類の眼差しを注いでいる。

食事を摂る店にはふさわしからぬ、粘液じみた雰囲気が店に立ち込めてきたとき——

「こんちわァ！」

勢いよくガラス戸の開く音よりも、声ははっきり聞こえた。

明かるかったからである。木枯らしをぴしゃりと封じ、

「おじさん、いる？　——あたしねえ、お嫁に行くことになっちゃった！」

スタジアム・ジャンパーを着た、小柄な娘だった。

いきなりなんでぇ、と非難の眼を向ける代わりに客たちは微笑した。

桜色の頬には、結婚する、よりお嫁に行くという言葉がよく似合った。

「ほんとかい、美奈ちゃん——よかったねぇ」

防弾ガラスを嵌め込んだ仕切り戸のマイクから聞こえる親父の声も弾んでいた。

「おじさん、忙しいんでしょ。ごめんね。あとで

ゆっくり話しに来るから」

返事も待たず、ショート・カットの影は踵を返した。

少しして、せつらの顔がゆっくりと上がった。

店の雰囲気がなぜ変わったのか、彼はようやく気がついた。

汗と、毒々しい香水の匂いの向こうから、石鹸の香りが漂ってきたのだった。

一年後、花園神社の一角で、せつらは、ある女を待ちつづけていた。

深夜である。

月が出ていた。

銀盆のように美しい。来訪者の誰もが讃嘆する月輪は、「新宿七不思議」のひとつだった。

天を圧（お）してそびえる樫（かし）の木の根元に、せつらはいた。

冬のさなかである。それなのに、彼の口元は白い珠も結ばない。

この若者は呼吸すらしていないようであった。

地に影が落ちている。

せつらの影と木の影と。

せつらは自分の影を見つめていた。

見えなかった。

月さえ恥じらいを覚えるほど、美しい男の美しい影は、樫の巨影に溶け込んでいた。

その五カ月前。

せつらは同じ場所に立っていた。

地に影が落ちている。

せつらの影と木の影と。

せつらは前方を見つめていた。

傾いた鳥居に特徴がある神社の入り口である。

昼間は安物市や臨時の救護施設で賑わう境内も、日暮れは飢えた野犬さえ入らない。

耳を澄ませばわかる。

眼を凝らしてもわかる。

無数の唸り声と、血走った朱色の眼が、闇の隅々で蠢いていることを。

崩れた社務所の瓦礫の間には、夜ごと得体の知れぬ生物の骨が捨てられ、蒸し暑い晩は、時として青白い燐（りん）が燃える。

こんな時間に神社を訪れるものは、狂人か、悪魔も敬遠する輩だ。取り囲む魔たちもなぜか近づけないような。

せつらの瞳が動いた。

魔たちの移動する気配を感じたのか、それとも——地から立ち昇る瘴気（しょうき）のような空気の中で、人影は妙に歪んで見えた。

せつらの眼だけが、それを女と見破った。

音もなく、複数の気配が地上から空中から新たな侵入者へ走った。

その幾つかは途中で反転し、秒瞬の間遅れて、残りが切断された四肢を地上へ撒き散らしても、青白い影の歩みは遅滞を見せなかった。

停止したのは、せつらの二メートルほど手前である。白いブラウスと濃紺とピンクのチェックのスカートが、玉子形の童顔に大人の落ち着きを与えている。

「秋せつら……さん？」

こんな場所へ赴く人間とは思えぬ明かるい問い

方に、せつらがにっと笑った。

凄愴とさえ言える美貌をのぞけば、どこか抜けたところのあるこの若者が、軽く握った手の中から迸らせた特殊鋼の糸で奇怪な生物を分断したと、誰が想像できたろう。

今のせつらは、新宿には珍しい良家の坊っちゃんとしか見えないのだった。

「はあ」

答えもとぼけている。

「わたし……早川美奈子って言います」

せつらはうなずいた。美奈子はくりくりした眼を回して、

「あの……わたしのこと、ご存じなんですか？」

「いいえ」

「でも――とっても怖い男（ひと）って聞いて来たのに――夏なのに、黒いコートなんて変わってるし、いま、怪物を二つに裂いちゃったのも秋さんがしたんでしょ？　ほんとに凄いわ――それなのに、何かとってもやさしい感じで」

「これが地（じ）ですよ」

せつらは頭を掻いた。懐しいものを見るような眼であった。

「で、ご用件は？」

「捜しものです」

と言ってから、女はあわてて、

「あの――人間以外のものも捜していただけるんでしょうか？」

と訊いた。

「それに準じるものなら」

美奈子の顔が依頼人らしくなった。秋せつらを花園神社へ呼び出す女が、明るい人妻であるはずもなかった。

「これなら、いかが？」

美奈子は、足元に眼線を落とした。

襲撃の途中で身を翻（ひるがえ）した魔物は、あどけない人妻の怪を察知したのだろうか。

せつらが溜め息をついた。

美奈子が現われたとき、すでに彼は気づいていたのである。

「これです――これを取り戻してほしいんです」

月光ばかりを無造作に跳ね返す大地に、女の影は黒い肢体を灼きつけていなかった。

「これを盗んだ男（ひと）を見つけていただかないと、わたし、幸せになれないんです」

美奈子が泣き声になった。

盗ませた男はわかっていた。

翌日の早朝、せつらは旧西大久保公園を見下ろす高層マンションの八階を訪ねた。

インターフォンのスイッチを入れるとすぐ、

「はい、どなた？」

男の声であった。甲高い。

「早川保さん？」

せつらは低い声で訊いた。

「何だい？」

男の声から愛想のよさが拭われるように消えた。

せつらも無表情な声で、

「奥さんの代理です。預けたものを返してもらいに来ました」

「何だよ？」

「影です。それと精神的虐待の慰謝料。――半年で三千万円が相場ですね」

「おめえは阿呆か？　おおかた、美奈子のヒモだろうが、どこにそんな金があるか、あいつは言ってなかったかい？　気の毒に。その夢の金を手に入れなきゃあ、探偵料も払っちゃくれねえぞ」

「入れてくれませんか？」

「いやだ、つうたらどうする？」

「失礼」

声と同時に、せつらはドアを押した。

あっけなく開いた。

インターフォンが驚きの声を上げた。

声の主ならずとも、鋼鉄の鍵棒（バー）を指一本動かさずに切断できる男がいるなどとは想像もつくまい。

三和土（たたき）から上がらぬうちに、せつらは数条の糸を放った。

それは、部屋という部屋、空間という空間に入り込み、潜んだ人間の体躯を呪縛するはずであった。

端整な美貌に、小波（さざなみ）のように広がったものがある。

音もなく、せつらは廊下を走った。

右手奥の居間へ入る。

向かいの窓が口を開け、クーラーの冷気に真夏の風をミックスしていた。

空中には居住者の残滓（ざんし）が色濃く漂っていた。

湯気を立てる小卓のコーヒー・カップの脇で、小さなリモコンが、向かいの壁面スクリーンに玄関の光景を映し出している。

せつらは窓をのぞいた。

窓枠の下から突き出た鉤（フック）に太さ二センチほどのワイヤーが嚙み合い、路上へ黒い線を引いている。

末端に嵌め込まれた数枚の金属板の一枚に足を乗せ、男は脱出したのであった。頻発する放火対策として設置された簡易エレベーターも、時折り余計なことをする。

路上を人影が走っていた。

せつらの右手が動いた。女の髪を撫でるような優美な動きは、せつらの顔に再び、淡い波紋をもたらした。

男の影は一瞬の遅滞もなく街角に消えた。

せつらは右手をもう一度引いた。

常人の眼には止まらぬ特殊鋼の糸の先端に眼をやる。

「切られたか」

他人事のようなつぶやきであった。

「影を盗むだけが芸でない、と。――雇われた奴は、よほどの使い手だな」

「何しやがるんだ、この腐れ警官（マッポ）！」

二人の制服姿に両腕を固められたTシャツの若者が奥のドアへ消えても、机に向かう男たちは見向きもしなかった。

深夜の照明にもあちこちで怒号や苦鳴が混じり、尿や血臭も立ち込めて、そのくせ、全体には妙な静けさが漂っているという奇妙な場所――新宿警察の玄関であった。

「署長は部屋か？」

ぞっとするほど美しい声に、なぜか骨の髄まで凍りつくような気がして振り仰いだ受付の警官は、馴染の人捜し屋（マン・サーチャー）の顔を見ると、自分の頬が赤らんでいくのを感じた。

「ええ、奥に――ですが、いま……」

「今日の成果は？」

せつらの問いに、警官は記憶の数字をたどった。

「殺しが一二件、追い剥ぎが三九件、麻薬トラックのハイ・ジャックが二件、強盗四〇件、小さな喧嘩は数知れず――きわめて平均的な一日です」

うなずきもせず、せつらは奥の廊下へ消えた。

麻薬の強奪は、機動警察部隊（コマンド・ポリス）を擁するこの署にとっても頭痛の種だろう。

象のような大型動物を眠らせるために開発された麻薬（CPC）など、数十分の一ミリグラムで人間を被害妄想の塊と変え、超人的な筋力を発揮させてしまう。手錠などたやすく引きちぎるどころか、マグナム弾の猛射を食らっても平気で相手の頭骨を粉砕し得るのだ。

ちなみに、陸上のトラック強奪をハイ・ジャックと呼ぶ理由は、禁酒法が施行されていた一九三〇年代のアメリカで、密造酒を運ぶトラックを強奪したギャングどもが、運転手に拳銃を突きつける際の挨拶「よう（ハーイ）、兄さん（ジャック）」にちなんだものとされている。

署長室は一階の突き当たりにあった。

インターフォンを押すと「馬鹿野郎」との応答があった。

気の弱い警官ならすくみ上がる蛮声だが、あいにく、この署にはそんな人間的心情の持ち主などゼロに等しい。せつらも、また。

「秋だ」

驚きが沈黙の形をとり、

「こりゃ失礼。——どうぞ」

と言った。

デスクの向こうに女が腰を下ろしていた。

重そうな乳が揺れている。

見覚えのある女性警官だった。

汗ばんだ喘ぎ顔の上に、もうひとつ——こちらは巨大な握り飯のような顔が乗って、せつらに笑いを送っていた。白い女体の背景は、毛むくじゃらの肉壁であった。

「お楽しみのところをすまない――訊きたいことがあって来た」

「いいとも、いいとも――規定の額さえ払ってくれりゃあな。――あんたが、おれのとこへ来るなんざ、よっぽど難渋してると見たぜ。何人、情報屋を回った」

「ひとりだ」

「そうか、チンピラは使わねえ主義だったな。で、用件は何だい？」

「影を抜く魔道士だ」

悲鳴が上がった。女が深く突き入れられたのだ。

署長は眼を細めた。アルバイト用の記憶を探る表情であった。

返事をするまで二秒とかからなかった。

「おれの知るかぎり四人いる。全部当たってみるかい？」

「私の糸を切った」

「やだ」

と、女が眼を丸くした。

「こんなに、急に、縮んじゃって――どうなすったんですの？」

「矢切巡査――勤務へ戻れ」

署長が女の両脇に手を入れ、軽々とデクスに乗せた。

濡れた秘部を隠そうともせず、せつらに色気の塊のような視線を浴びせて、防犯課特捜部隊員・矢切千鶴は隣室へのドアを開けて消えた。

「あんたの糸は、チタンＳ９Ｓに錬金加工したもんだったな」

と、署長はゴリラ並みの胸毛を手で撫でながら言った。

「コンクリも鉄も紙みたいに切断する。それを切ったとなると──残りはひとりだ。いや、そいつがやれると言っているんじゃねえ。他の三人にはできねえってことさ」

「名前は何という？」

「木村一平──偽名だな。うちにも区外での資料がない」

こけ脅しの大仰な名前より、実力で勝負というのだろう。平凡な偽名は男の自信を不気味に裏づけていた。

「居場所はわかるか？」

「しょっちゅう変わってるが──」

署長は眼を閉じた。

五年前の着任以降生じた事件の一切を、被害者と犯人の黒子の位置まで記憶しているという脳細胞があれば、職を失っても情報屋として充分食っていけるだろう。当初からアルバイトの収入が警官としての本給をはるかに上回っていると聞いた。

「西武新宿線の中井駅跡で、易者をやってるよ」

せつらはうなずいた。

「木村に関連した事件はあるか？」

「一年前、ハーベイ宗教団てのが、新宿へ布教に来た。覚えてるか──反キリストを唱える邪教の一派さ。親玉のハーベイはかなりの本物だった。取締まりに行った若いのが一〇名、一週間もしないうちに事故でお陀仏したくらいだからな。ところが、そいつら信者は、半月もしないうちに大久保の教団本部から出て来なくなった。おかしな匂いがするってんで出掛けてみると──」

せつらも憶えていた。警官隊の見たものは半ば腐乱した教団員三〇名の死体だったのだ。衰弱死との判定より、そのどれにも影がないという事実が関係者を驚かせた。

「影を奪われたものは、やがて病み衰え、骨と皮になって死ぬ。小規模な事件なら他にもあったが、三〇名なんて大量虐殺は初めてだった。その捜査の網に引っかかったのが木村さ。もちろん、呪術は犯行手段としちゃ認められておらんから野放しだ。目下、区長が法務大臣に、法律の抜本改正を迫っているところだ」

「それまでには間に合うまい」

せつらは踵を返した。

「おい――気いつけろよ」

署長の声が背に触れた。

「あんた、やけに影が薄いぜ」

2

その見台(けんだい)と易者(えきしゃ)は、かろうじて残る券売機の列を背に闇と同化していた。台上のランタンが「易」の文字を白光に浮かび上がらせているが、それすら吸い取る暗黒が、台の持ち主を重く呑んでいた。

周囲には一片の光源もなく、月は暗雲の懐中に忍んでいる。どことなく湿りけを感じさせるのは、台の前がすぐ剥き出しの黒土だからだろう。

人形(ひとがた)の闇の前に、別の闇が立ち塞がっていた。

「いらっしゃい、失(う)せ物、尋ね人――必ず捜して差し上げる」

文句は古風だが、着ているものは黒い綿のジャケットに同色のTシャツだ。

「失せ物、尋ね人――その両方だが、百発百中だそうだな」

せつらの声に易者はゆっくりと顔を上げた。四十代半ばと見えた。易者というより政治家が似合いそうな顔つきであった。

「ふむ――当たるも八卦、当たらぬも八卦」

「いや、必ず当たる。どちらの行く先も、おまえしか知らん」

せつらに茫洋たるせんべい屋の若主人の面影はない。

「ほう」

「早川美奈子の影と夫――どこにいる？」

じゃらり、とせつらの前に小さな林が立った。筮竹（ぜいちく）である。

「あ・き・せ・つ・ら――ふむ、凶相だの。終わりは近い、と出ておる」

「盗まれた影は、盗人（ぬすびと）が死ねば戻ると聞いたぞ」

せつらが静かに言った。

空気が冷えるような言葉だった。

「ほう」

木村の手の中でまた筮竹が鳴った。

同時に、ふっとランタンの炎が消えた。

せつらも木村も闇に溶けた。

「これで影はない。おまえはどうか知らんが、私にはおまえがはっきり見える」

それは矛（ほこ）を交える前の威圧でもあったろうか。

いかに影盗人とはいえ、盗む影がなくてはどのような手段も使えまい。

それどころか――

「ううっ……」

闇を渡る苦鳴は木村のものであった。

「いつでもおまえの首はちぎれる。さ、早川さんの影を、夫から取り返して元に戻すのだ」

せつらの声は呪文のように流れた。

そのとき、応じたものがある。

二人の頭上に小さな光点が点った。それはみるみるうちに膨れ上り、巨大な光の花と化した。

空気を灼いて何かが走った。

声もなく硬直したせつらを、木村は嘲笑とともに見た。

両眼が凄まじい火花を発したと同時に、彼の首へ巻いた糸が分解するのをせつらは感じた。

「これで後も尾けられまい。この照明弾は、おれの弟子が仕掛けたものよ。新宿一の人捜しにしてはうかつだったな」

たぎり落ちる光の中で、木村の顔は妙にのっぺりとした奇怪なものに見えた。

せつらの瞳は足元の地面に吸いつけられていた。

黒土よりもなお濃い影の腹へ突き刺さった一本の箆竹に。

手で覆い隠していた先端は、針のように研ぎ澄まされていたのだった。

「影縫いと言ってな、オランダの魔道士から教わった術さ。刺さっているかぎり、指一本も動かせないぜ。さあ、どうすると訊くところだが、生かしておいても邪魔な野郎だ。いまここで始末をつけてくれる。こう見えても、投げ針もちょっとした腕前でな」

せつらの身体が動いた。

「こいつは凄い。大した精神力だな」

木村は感嘆しながら、一本の箆竹を取り上げた。

そのとき、木村の身体が不意によろけた。

彼の影は、せつらの影の上に重なった。

美しい長身が大きく後方へ跳び、それを追うように木村は箆竹を放った。

竹の針はことごとく両断されて地面へ落ち、せつらの糸もまた、易者の首筋で消えた。

着地したせつらの背後でバイクのエンジン音が鳴った。

通りから七五〇CC（ナナハン）らしい影が駅の敷地へ乗り入れて来た。スピードを緩めず突っ込んで来る。

天空の光が、黒つなぎのライダーの握るシュマイザーMP40短機関銃（サブ・マシンガン）を黒く輝かせた。

毎分五〇〇発で九ミリの銃口がオレンジの火線を吐く。

土煙を巻き上げる大地から、せつらの影は再び跳躍した。

それが頭上を越えて後方へ舞い降りても、バイクとライダーは猛スピードで前進をつづけた。

黒い布みたいに鮮血をぶちまけつつ、ライダーの身体が鳩尾からあっさりと二つに分かれたのは、廃墟の壁にぶつかる寸前であった。

せつらは振り向いた。

いつわりの白昼に、木村の姿は見えなかった。

追いつめるべき糸は断ち切られていた。逆に言えば、それがせつらを救ったともいえる。

鋼鉄すら切り裂くせつらの糸を分解するために、木村は全精神力の凝集を必要としたのであろう。

よろめいたのは、その疲労ゆえであった。彼もまた、死力を尽くしていたのである。

だが——

「四分六で僕の負けか——厄介なことになった」

低くつぶやいて、せつらは足元に眼を移した。

黒土に刻み込まれるはずの影は、本体の美しさに気圧されたかのように姿を消していた。

その晩は、睡眠不足の運命に見舞われていたようだ。

秋せんべい店の裏口のドアからキッチンへ入ったせつらの耳に、電話のベルが押し寄せてきた。

「はいはい」

答える声は、せんべい屋の若主人のものであった。

「――わたし、早川です」

せつらの表情が緊張した。切迫した口調というばかりでなく、どこかおかしい。

「どうしました？」

「……あの……わたし……ご免なさい。できたらすぐ、来ていただけませんか……？」

「ご自宅ですか？」

「はい」

声が途切れた。低い呻きを、せつらは耳にした。

苦痛の声であった。

「どうしました？」

「いえ……あの――お願いです、ちょっと……」

「わかりました。誰も内側（なか）へ入れないでください」

電話を切って、せつらは裏口へ回った。

愛用のロケット・ブースター装備の七五〇CC（ナナハン）を、狭い車庫から引き出してまたがる。

数分とたたぬうちに、せつらは明治通りを北へ向かっていた。

美奈子の住まいは、大久保通りを入った路地裏の安ホテルであった。第二級夜間外出禁止地区――午後九時以降の外出は条例で禁じられている。

市ヶ谷近辺のミュータント妖物どもが、半年ほど前から大久保一帯に移動中との情報が流れていた。もっとも、区役所お得意のガセネタかもしれない。

壁だけは強化コンクリートだが、ガード・システムも故障したぼろホテルの二階のドアをノックしても、応答はなかった。

ノブを回すと簡単に開いた。

声ははっきりと聞こえた。電話のものとは違う、まぎれもない快楽の呻きである。

せつらは素早く内側(なか)へ入ってドアを閉じた。

お義理程度の涼味を帯びた空気が充ちている。夜間は魔物除けに窓を閉め切るから、クーラーは必需品だ。

美奈子は安ものの絨毯の上に横たわっていた。

静かに、とはいかなかった。

やや太り肉(じし)の女体にまとわりついた寝巻きが、悶える姿を必要以上にエロチックに見せていた。左手で大ぶりの乳を揉みしだき、右手はたくましい腿の間へ滑り込んでいる。

「やめて……やめて……保(たもつ)さん、やめて……」

奇怪な台詞に顔をしかめるでもなく、せつらは、黒コートを脱いで汗みどろの女体を覆った。

「しっかりしなさい」

と、軽く頬を叩く、靄がかかったような眼が、せつらを捉えた。

「……あ……秋さん……いや、見ないで……」

と、身をよじるのを、強引に立ち上がらせ、椅子にかけさせてから、どうしたのかと訊いた。

「わかりません――お電話してから五分ぐらいして急に……お願い……向こうへ行って」

美奈子の両手はテーブルに載っている。それでいて興奮は醒めた様子がない。自慰の余韻ではなかった。相手なしでアクメの状態を迎えている最中だ。

少しの間、羞恥と恍惚に荒い息をつぐ依頼人を見つめ、せつらは右手をひと振りした。

千分の一ミクロン――極微細の糸が数条、若い身体を走り、あるポイントを突く。

低く呻いてテーブルにもたれかかった美奈子の顔から、興奮の色が急速に退いていった。

コートの前を押さえて振り向くと、せつらは窓際に移動し、背をこちらへ向けていた。

「すまんが、感じなくなるツボを押さえた。恥ずかしいとは思うが、事情を聞かせてくれ」

やや遅れて戻った答えには、すすり泣きが混じっていた。

「恥ずかしいわ……恥ずかしいわよ……こんな……男の人の前で、色情狂みたいに……」

「僕のところへ連絡したとき、もう始まっていたのか？」

せつらは冷淡な口調で尋ねた。同情は美奈子の精神をより軟弱にするばかりだ。

「いいえ。あのときは、身体じゅうがナイフで裂かれるみたいに痛くなって——でなければ、呼んだりしません」

ここで美奈子は口を閉じた。開くまでに一〇秒もかからなかった。

「……始まったのは、電話してからすこしたって……あなたが来るまで……ずっとよ……」

「痛みだけで私を呼んだのか？」

美奈子は首を振った。

痛みが走る前に、耳の中であの夫の声がしたの。絶対、他の男にはやらない。おまえはおれの女だって……それから……」

「それから？」

「……肉体がおれを覚えてる。毎日毎日、好きなときに苦しめてやるからって……でも、どうしてこんなことができるの？　……どうして、私ばかりを苦しめるの？　もうさんざん虐めてきたのに……」

襖の陰で、せつらは小さな声を聞いていた。若々しい、未来への希望に充ちた娘の声を。

わたし、お嫁に行くことになったの。

大木の下で、もうひとつの影が言った。物憂げに、哀しそうに。

わたし、結婚することになったんです。

3

美奈子は再婚を望んでいた。

美奈子の最初の夫——早川保は、平凡なサラリーマンの仮面をかぶった変質狂だった。幼いとき両親を失い、施設で生きてきた娘をたぶらかすだけの、にやけた面と口先は持ち合わせていた。

地獄は、式を挙げた晩から待ち構えていた。

笑顔を交わしながら入ったマンションの入り口で、何の前触れもなく、美奈子は腹を蹴られた。

お腹の中に、夫の子供がいた。

流産であった。

結婚第一日目にして、美奈子の不幸は決まった。

後は急坂を駆け降りる勢いであった。

病院から退院する暇も惜しむように、夫は美奈子を責め苛んだ。正常なセックスなど一度もなかった。鞭や縄は言うに及ばず、やくざから入手した奇怪な器具を駆使した行為に、美奈子はふた月足らずで妊娠不能の身体になった。

耐えていられたのは、これまでの生活にくらべて、必ずしも不幸とはいえなかったからである。

美奈子の収容されていた施設は、区と国からの援助を豊饒（ほうじょう）に受けており、その大半は責任者の懐を潤（うるお）すに留まっていた。

極寒のさなかに、毛布一枚の寝床で何人もが凍死し、すべて事故として処理された。

新宿での死は、必ずといっていいくらい世間の話題にはならなかった。死と隣り合わせであるが故の〈魔界都市〉であった。

　収容生の誰もが脱出の経験を持ち、誰もが私刑（リンチ）を受けていた。

　美奈子は親指の爪をむし眠れ、ライターで髪の毛を焼かれた。八歳のときである。それから四年を耐え抜き、一二歳の期間満了後、美奈子は〈魔界都市〉へ足を踏み出した。

〈区外〉へ行く気にはならなかった。

　履歴書を兼ねたI・Dカードには、新宿生まれの旨が必ず記入される。両親もいない〈魔界都市〉の住人が生きるスペースは〈区外〉にはないのだった。

　喫茶店のウエイトレス、闇市の売り子、いかがわしい雑誌のモデル、覗き部屋の女——およそ〈魔界都市〉で体験し得る職業にはすべて足を踏み入れ、美奈子は生きてきた。それが美奈子の〈生きる〉ということだった。

　むろん、いつも男が伴っていた。

　五年間で三人の男が美奈子にまとわりつき、うち二人はやくざだった。美奈子の精神も肉体も、徹底的に貪られたのは当然といえた。

　三人目は単なるヒモ志願の能なしで、これは美奈子が半殺しの目に遭わせて叩き出した。

　気がつくと、美奈子は一八歳になっており、すでに疲れを感じ始めていた。

　早川を夫に選んだのも焦りのためかもしれない。

　最後に美奈子はソープ・ランドへ出された。金には困っていない。夫は店と契約し、美奈子と客の行為をテープに収めては、夜ごと、同じことをしろと迫った。

　半年もしないうちに、昏い絶望が美奈子を蝕み始めていた。

そんな彼女を救ったのがソープ・ランドの常連のひとりだというのは、皮肉な巡り合わせだろう。二五歳になる商店の息子は、美奈子の明かるさに魅かれて足繁く通い、事情をひとつも知らずに結婚を申し込んだ。

美奈子は驚き、断わった。自分の過去や境遇を考えれば、気軽について行けるわけではなかった。

すべての事情を聞き了えると、男ほ気持ちよくうなずいた。

商店といっても、大久保の駅前広場に群らがるひと坪ストアの一軒だ。それに自分の結婚に異を唱える身寄りはいない。君は身体ひとつで来てくれればいい。今のご主人には、自分が頭を下げる。

美奈子は泣いた。嬉し泣きだった。嬉しくても泣けるのだと初めてわかった。


しばらく後、離婚を求める二人に、夫は薄気味悪いほどたやすく首肯した。

美奈子が影の喪失に気づいたのは、その晩のことであった。

男と一緒になれるはずもなかった。

身の周りの世話と、挨拶に回らねばならぬ人たちがいるからと嘘をつき、美奈子はひとりホテルに入って夫に影を返せと迫った。

返事は凄惨なレイプだった。

初めて、夫は自分の力だけで妻の肉体を犯した。

影がなければ、いずれお前は死ぬ。それまでだって幸せな思いはさせんぞ、と夫は宣言した。

影を取り返せる人間がいないものかと街じゅうの情報屋を回り、秋せつらの名と電話番号を美奈子が捜し当てたのは、それから二日後のことだった。

結婚とは、幸せになるためにするものだ。

この街では、だがそれは不幸の前兆のようであった。

影を奪われたものは、いずれ衰弱死する。その期間は、一年とも五〇年ともされる。期間の違いは、魔道士の実力と被害者の生体エネルギーによるものだ。

木村の場合、その影に手を加え、本体をも苛むさいな力を有しているらしかった。影を手に入れた夫は、妻の豊満な肉体の悶えをどこかで愉しんでいるのだろう。

いずれ、同様なことがせつらの身に起きるのも間違いなかった。

木村の実力からすれば、本体を殺すことさえ可能かもしれない。事態は一刻を争う。

うっ、と美奈子が呻いて胸を掻きむしった。

せつらは駆け寄った。

「どうした？」

「胸が——胸が灼ける」

美奈子の喉が鳴った。

「火で灼かれてるみたいに——ああ……」

のけぞる肢体をせつらは抱きかかえた。

美奈子の喉元から乳房にかけて、薄い茶色の染みみたいなものが広がっているのを見たとき、氷のような眼に凄愴な炎が揺れた。

喉の痛覚を消去するツボへ、別の糸を加えようとしたとき、美奈子の全身から緊張が抜けた。

敵は拷問に飽いたらしかった。

弛緩した女体を、せつらは軽々とベッドへ運んだ。

横たえようとする首へ、白くて熱い手が巻きついた。

「いやよ、これからどうなるの――あたしはどうなるの？　お願いだからひとりにしないで」

「君の夫と魔道士を斃（たお）す――それで終わりだ」

「それまで待つの、ひとりで待つの？」

美奈子の声には、どんな返事も拒否するものが含まれていた。

「あの男（ひと）は呼べない、そんな私を見せたくない。あなたがそばにいて――お願い！」

返事をする暇もなく、熱い唇が狂ったようにせつらの口を覆い、ベッドへ引き倒した。

美しい手の下で、美奈子の乳は妖しく震えた。

凄まじい痛みが、せつらの胸を貫いた。

敵の興味はせつらに移ったらしかった。

「どう――したの？」

不安げな瞳を見開く美奈子へ、

「何でもない」

と、せつらは首を振った。

唇が重なった。

美奈子の喘ぎを、せつらの唇が吸い取った。

見えぬ刃が全身を切り裂くのをせつらは意識した。

透き通った額に汗の珠が噴いた。

気も狂わんばかりの苦痛に、眉ひとすじ動かさず、せつらは美奈子の喉に唇を這わせた。苦痛を殺すのは簡単だが、なぜか、そんな身体でこの女を抱く気にはならなかった。

美奈子が眠りについたのを見届け、せつらは部屋を出た。

痛みはまだつづいていた。

木村ではなく、美奈子の夫の手になるものだろう。真正のサディストであった。

「お返しはしなければな」

せつらの言葉には、薄絹のような感情がこもっていた。

4

細い雨が絹糸のような筋を青い街並みに引いていた。

新宿にも普通の雨が降る。

〈魔界都市〉にも、だ。

偶然ではあるが、女の名はタイニー・レインと言った。

矢来町の一角ではレイン婆さんで通る。

商売は「千里眼」だ。

運勢、失せもの、恋人との将来――何でもわかると評判が高い。

婆さんの千里眼は、三次元時空連続体を超越するのである。

その日、雨の街にふさわしい訪問者があった。

黒ずくめの、身の毛もよだつ美貌の主は、不思議な注文を出した。

レイン婆さんはうなずいた。

「理論的に可能なことは確かめられてるよ。でも、本当にできるかどうかとなると、わたしゃ眉唾だと思うね。産毛ほどの傷がついても駄目なんだ。おまけに、ひとつしくじるたびに、寿命が一日ずつ縮まる。今まで何千人が試したけど、成功した奴はひとりもいないね」

黒い人影は分厚い札束をテーブルに置いた。

それでも構わないという合図だった。

皺の寄った茶色の指が、札束を差し出し人の方へ押しやった。

「要らないよ。金なら腐るほどあるよ――その代わり……いいだろ？」

「影なしでもいいのなら」

と、秋せつらは言った。

雨が人を家に封じるというのは、早川美奈子にとって嘘っぱちであった。

美奈子の顔は何本もの光る筋に覆われていた。それは動いていた。雨の線であった。

美奈子はレインコートも着ていなかった。

白いブラウスにプリーツ・スカートだけである。

どちらも肌に張りつき、身体の線を肌色で浮き出させていた。

ブラウスの下には白いブラジャーも見えた。

瓦礫の山の上を、美奈子は覚つかなげな足取りで歩いていた。

そのくせ倒れない。誰かが周囲から支えているようであった。

前方に灰色の塊が立ち上がり、人の形をとった。

顔半分をスチール外皮で埋めたサイボーグである。瓦礫の下の空洞を仮りの宿にしている輩だ。

「どこへ行くんだい、姉ちゃん？　遊んでかねえか。大鼠のステーキを食わせるぜ」

美奈子は取り合わずに進んだ。虚ろな表情だった。

すれちがいざま、男が肩を摑んだ。

「すかしやがって、この女。こっちへ来やがれ――」

れの代わりに、苦鳴が湧いた。

内臓すべてを引きちぎられる激痛に、サイボーグは蹲って耐えていた。

何事もなかったように美奈子は歩きつづけた。

ずぶ濡れの旅路は四〇分もつづいた。

新大久保のもとラブ・ホテル街に立った小さな

マンションの一室に、美奈子は吸い込まれた。

「よく来たな。待ってたぜい」

ワン・ルーム一五畳ほどの部屋の隅に腰を下ろしているのは、夫——早川保であった。

その足元に奇怪なものが横たわっていた。いや、灼きついていると言ったほうがいいのか。

早川の影はその隣りにわだかまっている。

女の影であった。

「痛みにつられて来たか——木村からは、よせと言われてたんだが、影ばっかりいたぶってたってしょうがねえ。生身のおめえを抱きたくなってな。へへ、少し痩せたが、おっぱいも尻もぷるぷる震えてやがる。待ってな、いま、口がきけるようにしてやるよ。——ほれ」

早川は、美奈子の影の頸部から針のようなものを抜いた。

「ひどい男——どうして私を苦しめるの？　これ以上、いったい何が欲しいって言うの？」

「何にも」

早川は、顔じゅうに伸びた無精髯を撫でながら言った。

「金なんざビタ一文要らねえ。おめえの身体にだって未練はあるが、いざとなりゃ、死んでもほしいってわけじゃねえ。ま、強いて言やあ、幸福になってほしくねえんだな、この街の人間にゃ」

「何ですって……」

美奈子は、人間以外のものを見る眼つきで夫を凝視した。まだ籍は抜いていない。

「この街の奴らはよ、みんなそう思っているんだぜ。おれだけ取り残されて堪るもんか、あいつだけ幸せにさせておくもんかってな。そりゃ、表向きは、幸福におなりよ、二度とここへ帰って来るんじゃないよなんざ言ってるが、へへ、本心はこうよ。この街の水に染まったら、どこへ行っても通用しやしねえんだ、もって半年。三カ月もすりゃ、みんな逃げ帰って来るさ。石と軽蔑の視線に押されてな――」

「私は違うわ」

美奈子は首を振った。

「この街から出て行く人がいれば喜んで送ってあげたい。運悪く戻って来る人がいても、それはその人のせいじゃないって声をかけてあげたい。この街の人間だって幸せになれるのよって見せてあげたい。だから、私は出て行きます。お願い、もう苦しめないで。黙って行かせてください」

「いいとも、いいとも。おれの気が済んだらな」

早川の右足が影の胸を踏んだ。

「ああっ！」

乳房に強烈な痛みを覚えて美奈子はその場に蹲った。

「ほうれ、楽しもうじゃねえか、昔と同じによ」

早川がジッパーを下ろし、男根を突き出すのを美奈子は見た。

どうしようもないのかと思った。

そうなのだ。

この街に育ったものが幸せになることなどできない。できっこない。

夫は影の口元に男根を押しつけた。

それはずるりと影の内側へ沈んだ。

美奈子は咥えているのを意識した。

夫はゆっくりと腰を揺すりはじめた。

口の中で男根が蠢いている。

妻の口腔性交を愉しんだ後で、夫は影の尻を抱えた。

美奈子は椅子に崩折れた。

尻など与えたくはなかった。これは、あのひとのものだ。

夫が影を貫いた。

美奈子は貫かれた。

膣が男根の埋没した充足感に反応した。

夫が動き出した。

美奈子はのけぞり、床へ降りた。

耐えられなかった。

欲情が性器を重く熱く潤ませている。

自分はこの男のものなのだ。男の奴隷なのだ。男に尻を抱かれれば、すぐに感じる淫蕩（いんとう）な性（さが）なのだ。

美奈子は、うつ伏せの形でスカートをめくり上げ、パンティを脱いだ。

ドッグ・スタイルになった。

尻を許した。反吐が出るほど嫌いな夫に。それが刺激になっていることを、美奈子は気づいていなかった。

夫は笑いながら精液をぶちまけた。

内側の粘膜一帯に、生ぬるい汚液がかかるのを、美奈子は快感と絶望のただなかで感じた。

5

ドアを開けると、部屋の真ん中に正座した易者の姿が眼に飛び込んできた。

天井の照明が必要以上に明るい。夕闇には遠いが、篠（しの）突く雨は世界を青く染めていた。美奈子の部屋である。

「早川さんをどうした？」

せつらが、のんびりした声で訊いた。

いまの彼は、せんべい屋の若主人である。

「ほう、驚かんのか？」

木村一平——影盗人は分厚い唇を嫌な形に歪めて笑った。

「早川さんはどこだ？」

「女房は亭主のそばにいなきゃいかん。今ごろはしっぽり濡れているだろう。おまえはおれが相手をしてやる」

「そいつは、どうも」

せつらの返事が終わらぬうちに、木村の顔はこわばっていた。

茫洋たるせんべい屋の主人が、別の人間に変わるのを彼は見たのである。

魔道士すら身震いする妖気を全身に湛え、人捜し屋（マン・サーチャー）・秋せつらは妖然と笑った。

その笑いが苦痛に歪んだのは次の刹那であった。

彼はがくりと膝をついていたのである。

「はっはっはっ。おれですら身の毛がよだつほどの変身ぶりだが、本身が別人になろうと、影から加わる苦痛に変わりはない。ほれ、ここにあるぜ」

木村は立ち上がり、易服の前をかき広げると、腰に巻いてある黒い帯を片手ではずし、せつらの前に掲げた。

まぎれもないせつらの黒影であった。

一種の念力の発源点なのか、赤く燃える瞳を影全体に注ぎ、

「しかし、聞きしに勝る美しい影。思わず愛したくなるほどだ。その本人はもっともっと美しい。どれ、その美貌がおれの責めに悶え抜くところを、たっぷりと拝ましてもらおうか」

邪眼が輝きを増した。

せつらの喉から低い呻きが、堪えきれぬように

地を這った。灰色の呻きだった。

木村一平は立ち上がり、どすどすと、せつらの前にやって来た。

「はは、嬉しいぜ。楽しいぜ。しかしだな、その美しい顔がいまひとつよく見えん。今度はこう、喉を突いてみるか。うまいことのけぞっておくれ」

木村の右手に一本の筮竹が金色に輝いた。

左手で押さえたせつらの影へ、それは一気に振り下ろされ、途中で消滅した。

手首ごと。

木村は呆然と消失した手首を見つめた。

光沢すら残るピンク色の切り口に、みるみる赤黒い珠が盛り上がり、つながって大きさを増し、ついに滝のように床へ流れ落ちはじめた。

「き――貴様――おれの術に!?」

「いいや、かかっていた」

悶え苦しむ仮面をかなぐり捨て、悠然たる魔人は、妖々と立ち上がった。

「ただ、私はいま、針治療を受けて、痛みを感じない体質になっている」

昨夜、夫の淫行に苦しめられる美奈子を救った妖糸の奇蹟を、せつらは自分の身に生ぜしめていたのだった。

「早川も生かしてはおけん奴。先に行って待つがいい」

冷たい艶を含んだその言葉が終わらぬうちに、必殺の糸が木村の身体を縦に割る――。

その瞬間、木村の左手から黒いものが、せつらの眼前に広がった。

さしものせつらが、木村へ止めの一撃を与えるのを忘れた理由は――。

それは、せつらの影であった。

「はは――盗まれた影は盗人の言うがままだ。仲よく戦うがいい」
木村の声は、窓の方から聞こえた。
「だがな――本体を斬れば影も斬れる。影を斬れば――はは、せいぜい健闘を祈るぜ」
せつらの体のどこかから特殊鋼の糸が飛び、窓外へ跳んだ魔道士の首筋で分解した。
それ以上追おうとはせず、せつらは黙然と眼前の影を見つめた。
奇怪なことに、それは彼とまったく正反対の姿形――いわば鏡像を形づくっていた。
せつらは動かない。
影も動かない。
本来なら、本身の影は文字どおりのよきパートナーでなければならぬはずだ。
だが、この両者にかぎっては、よきパートナーたることこそ最大の怪異であった。
雨の音が聞こえた。
せつらの右手が腰まで上がる。
同時に影の左手も動いた。
寸分違わぬ動きであった。
せつらは停止した。
影は――動いた。
振り下ろす糸を、せつらは頭上に糸を張って防いだ。
まさに、虚実は逆転したのである。
自らの影と戦うなど、この都市(まち)にならありそうなことだ。
だが、どう戦えばいい？
影が糸を振った。
せつらのかたわらで風が震え、テーブルの影が真っ二つに裂けた。

間髪入れず、本体もまた寸分たがわぬ位置で分断され、床を震わせた。

本体を斬れば影も斬れ、影を斬れば本体もまた——。

せつらは攻撃できなかった。

周囲を影の糸が筒のように取り囲んだ。ぐっとすぼまる。

一瞬早く、全身を包んだ妖糸がそれを跳ね返した。

地を這う影を、天空より襲う本体が弾き、静寂を友に壁は裂けた。

——方法は。

ひとつだけあった。

せつらの右手から天井めがけて迸る糸を、影の糸が絡め取った。

影の実力はまた、せつらのものであった。

再び糸を放つ姿勢からせつらは跳躍した。

影の糸が躍る。

螺旋を描いて迫るそれを右手の糸でブロックし、せつらは左手を頭上へ突き上げた。

影の左手も等しく伸びる。

虚と実の五指は空中の一点で融け合い、ぶら下がる照明灯を粉砕していた。

薄闇が室内を支配した。

着地と同時にせつらの右手が窓へと走る。

吊り紐を切断されたブラインドがシャッターと化して青い光を遮断した。

雨の音だけが室内に満ちた。

暗黒のさなかで、せつらは軽く溜息をついた。

床の真ん中に腰を下ろす。

外へは出られなかった。

光の存在する場所へ行けば影が生じる。

「厄介なことになったな」

弱音とも取れる言葉は、苦笑を含んでいた。

内ポケットへ手を入れ、彼は何かを取り出した。

それは、闇そのものであった。

暗黒のみが讃える秀麗な美貌を崩さず、秋せつらはそれに人差し指を当てた。


木村一平が訪問したとき、美奈子と保はベッドの中にいた。

美奈子の身体からは保の匂いがした。

全身を舐め回した唾液のものであった。

「ほう、ご発展だな」

勝手に寝室まで上がり込み、影盗人は無遠慮な視線を美奈子の肢体に浴びせた。

「いや」

と、シーツにくるまろうとするのを、

「何を恥ずかしがってる、ほれ、見せてやれよ。おれに抱かれた肉体(からだ)をよ」

保が背後から抱きすくめ、女体を膝の上に乗せた。

「やめて」

悲痛な叫びに昂ぶったか、男たちの眼には吐き気を催す獣欲が湧き上がった。

「抱いてみたらどうだい、木村さん、いい味だぜ」

「ほう、いいのか?」

「どうせ始末する女さ。新しい恋人の前でな」

「何ですって……」

屈辱も忘れて、美奈子は夫を振り返った。

「知らなかったのかい？　おめえはこれから彼氏んとこへ行くんだ。その前で、よがってみせるのよ。もちろん影はこっちで操作する。断わっとくが、おれのほうも本物とやってる気分が味わえるんだぜ」

美奈子が呻いた。

保の唇と舌が首筋を這ったのである。

そうやって存分に犯された。

おまえの亭主はおれだ、と言いながら、保は責め抜いた。

恋人のことを想っても無駄だった。

美奈子のポイントを知り尽くした手が触れ、いじり、蠢くたびに、美奈子は彼の顔を忘れていった。

貫かれた尻を歓ばせるのは彼ではなく、憎い夫の男根だった。

乳房への刺激は夫の歯によるものだった。

肛門へねじ込まれる舌も夫のものだった。

美奈子は絶叫した。

もうどうでもよかった。

肉の快楽だけがすべてだった。

自分から夫の男根を握り、口で慰め、性器へ導いた。

尻も振った。

言われるままに自慰をし、感想を述べた。

夫を好きだと言った。愛していると叫んだ。

新しい彼など、この快楽にくらべれば空気のようなものだと、本気で思った。

「いくらあいつがおめえに惚れていようと、眼の前で何もしねえのによがり狂われちゃあ、顔も見たくなくなるだろうぜ。カッコつけて励ましでもしようもんなら何回でもやってやる。おめえは惚れた男の眼の前で、突っ込まれるんだ。自分で慰めるんだ。どうしようもねえ、おれにこの影があるかぎりな」

乱暴に美奈子を魔道士の方へ突き飛ばし、早川

は、

「ところで、あの餓鬼、始末したんだろうな？」

「いや、しくじった」

「なにィ！」

「そうあわてるな。おれはしくじりはしたが、奴の影は失敗を知らん。奴の行くところ、つねに影がある以上、奴はいつか死ぬ」

こう言って、木村はもがく美奈子を絨毯の上に押さえつけた。

美奈子はもう一度、犯された。


せつらは闇の中にいた。

むろん、顔は見えない。

姿も黒に溶け込んでいる。

その中で、彼はひとつの作業に励んでいた。

室内から光を遠ざけてから、四時間は経っている。

作業そのものは簡単であった。

簡単らしかった。

手にした何かを、人差し指でなぞるのである。

それがうまくいかないらしく、彼の指はもう千回以上、同じ行為に没頭していた。

夜目の利くものがいれば、指の描く形が人の輪郭に似ていると、看破したであろう。

それを、単調なその作業を、すでに千回……。

驚くべき執念であった。

そのとき、ドアの外で人の気配がした。

鍵を開ける音。

わずかな光が洩れれば、影が生じる。

せつらの敵が。

「早川さん、管理人です。ガスの定期検針で――」

闇を光が切り裂いた。

前方の薄闇に仁王立ちになる自らの影を、秋せつらは認めた。

その唇が、

「できた」

ひと言洩らした声はあくまでも淡々として、見えざる糸の一撃を避けるように、彼は後方へ跳んだ。

着地した美しい姿へさらなる一撃を送らんとして、美しい影は愕然と立ちすくんだ。

せつらの足元にくっきりと浮き上がった黒い人影。

それは、せつらの影そのものであった。

「驚いたか、『私』？」

と、せつらは自らの分身に向かって言った。その眼は落ちくぼみ、頬の肉はこそげ取られていた。

「おまえの代わりは——これだ」

せつらの手からおびただしい黒い断片が影の足元へ散った。

それはおびただしい黒い紙片だった。すべて人形をしていた。美しく優雅な輪郭は、秋せつらのものであった。

「私に影ができた。故に、おまえは私のものではなくなった」

せつらの言う意味が、彼のもと影にわかったかどうか。

闇の中でせつらが切り抜いていたものは、女魔道士から買い取った黒い紙であった。

魔力を封じたその紙を、所有する当人の形に切り抜き、足下に固定すれば、いわば偽りの影が生じる。

だが、それを成すためには、製作者の超絶な精神力と、切り抜く際、繊維一筋乱れさせぬ技倆が必要だ。

秋せつらと、鋼鉄をすら分断する特殊鋼の糸をもって、一千回の試行錯誤を必要とするような。

開かれたドアは影に味方したか、せつらを愛したか、いま、彼の足元にはまぎれもない彼の影が生じ、裏切りの影は頼りなげにその輪郭を薄闇に滲ませていた。主人(あるじ)より別れを宣せられたとき、それはあらゆる力を失った。

せつらの右手が悠然と動いた。

影もそれを追った。

ほとんど同時に示された二つの動きは、しかし影の首だけを音もなく切り離し、厚みのないその身体を、瞬時に消滅させてしまったのであった。

「おかしな気分だな」

冷厳な美貌に似合わぬ苦笑混じりの感想を洩らすと、せつらはすぐ、ドアの方を向いた。

茫然と室内の死闘を眺めていた管理人とガス工事人が、あわてて左右へ退いたのは言うまでもない。

本来のものと寸分違わぬ新しい紙製の影を床に落として、美しき魔人はなおも降りつのる夕雨の外へ消えた。

6

美奈子の股間で熱い蛭が蠢いていた。

男の舌であった。

ぬるみがある。

舌についた涎と、舌の刺激で彼女自身の性器が分泌する汁だ。舌はそれを滲ませ、こね、汲い取る。

何度も繰り返す。

そのたびに美奈子はわななき、男の頭を離すまいと秘所へ押しつけるのだった。

絶望が美奈子を捉えていた。

自分には、もう恋人のもとへ行く資格などない。夫に犯されて歓び、いまは別の男の舌戯にあられもない声を上げている。

死ねばいい。彼を愛しているなら舌を噛んでも死ねる。

それもできなかった。

彼への裏切りだと思った。裏切ってしまった以上、汚れ抜くしかない。

美奈子は積極的に反応した。

股間を開き、男に押しつけ、高い声を放った。

興奮した夫が顔の上にまたがり、口腔性交を求めたときも、自分から顔を上げて応じた。

夫は口の中に射精し、恍惚とした男がすぐに唇を押しつけてきた。

精液の溜まった口の中を狂ったようにまさぐる舌へ、美奈子も舌を絡ませ、男の口腔へ夫の液を流し込んだ。

その男の舌が股間で動いている。

足首は両手で押さえられていた。

血の滲むような呪縛が急に緩んだ。

魔道士が股間から濡れた顔を離して呻いた。

「甘く見すぎたか。これほどの手練とは……奴、己れの影を倒したぞ」

「なにィ!?」

と、薄笑いを浮かべて二人を見ていた早川保はソファから跳び上がり、しかし、すぐ冷静さを取り戻した。

「なんてこたあねえ。影を斬りゃ本体も斬れる――てえことは、野郎もおっ死んだはずだな」

「だといいが」

「なんだと――おい、おめえにゃ高え銭を払ってるんだぜ」

「銭以上の力を奴が持っていたということだろうな」

「もっと出せってのかよ」

鼻白む早川に、木村は首を振ってみせた。

「こうなった以上、あいつを斃すのは、おれの義務みたいなものだ。やっとめぐり会えたぞ、ハーベイ教団の教祖以来、最大の強敵とな。金も要らん。女も不要。おまえはさっさと女を連れて行け。奴のことだ。この場所もいずれ知られよう。いや、もう、そこまで来ているかもしれんぞ」

早川は死人の顔色となって立ち上がった。

黒ずくめの肩に白い雨がしぶいた。

それでいて濡れているようには見えない。白皙の横顔を伝う滴でそれとわかるばかりだ。雨に濡れそぼってもこの若者は美しかった。

秋せつらである。

今朝、早川美奈子の歩いた道を、彼は正確に辿っていた。

瓦礫の山を越え、狭苦しい通りへ出た。

廃ビルが左右にかすんでいる。

人の営為がかつて行なわれていたとは信し難い、荒涼たる場所であった。

せつらの足下を巨大な食肉鼠が走り、ビルの窓から真紅の光点が見下ろす。

輝く血の染みのごときそれが、ビルに巣喰う妖獣のものであることは言うまでもあるまい。

通りから通りへ――美奈子が最後に曲がった交差点を右へ入ったとき、頭上から巨大な羽根をかざした影が舞い降りてきた。

せつらの顔がふっと上がった。

何を感じたのか、奇怪な鳥は怯えの叫びを洩らして上昇した。

道路の真ん中に、易の見台が雨粒を弾き返していた。

その向こうに木村一平がいた。

影盗人という名の魔人が。

胸前にかざす筮竹が雨に負けぬ音を立てた。

「信じられんが、生きて戻ったか——おまえ、影をつくったな」

「早川さんはどこにいる?」

せつらが訊いた。

彼も魔人なのであった。

「亭主が連れて行った。断わっておくが、女の首につけた糸はおれが斬った。追っても無駄だ。——どうだな、そこで提案だが……」

木村は唇を舐めた。

せつらは動かない。

雨雲に閉ざされた黒白の空と、廃ビルを背景に、雨に打たれる黒影——それだけで絵になる妖しい美しさだ。

「おれとおまえで組むのよ。おれの影使いとおまえの糸技(しぎ)。二つ合わせれば、この魔都の支配を握るのもやすいこと。おれには幾らでも手足になる仲間がいるからな」

「私の影はもう盗めん」

せつらの口調に、木村の顔が歪んだ。

「おまえの仲間とやらがいるおかげで、私の依頼人も増える。一日も早くゼロになることを祈ろう」

「宝の持ち腐れだな、おまえ」

木村の眼が邪気を帯びた。

沈黙は殺気と化した。

降りつづく雨の一筋、滴の一滴に殺気が含まれていた。

木村の手が懐へ入った。

取り出した掌には、四角い影が乗っていた。

左手がその中ほどを横へ薙ぐ。

それは二つに裂けた。

巨大な質量が頭上で動くのを、せつらは感じた。

恐るべし、影盗人の手腕。

縮小したビルの影を二つに裂いた刹那、実物のビルもまた裂けて、せつらをめがけ、轟音とともに落ちかかってきたのである。

濛々たる砂塵と瓦礫の乱舞に、せつらの姿は逃げる間もなく呑み込まれた。

大地が鳴動し、白煙と砂塵は魔道士をも包んだ。

その煙が晴れ、震動の残滓がようやく収まったとき、魔道士の見台は真っ二つに裂けて左右に倒れ込んだ。

せつらが送った魔糸の仕業であった。

「いよいよもって恐ろしい奴――惜しい」

分解したばかりの糸の感触を頭頂に感じてか、木村は片手で頭の上を拭うようにしたが、じき――。

「女の影なぶりくらいは奴にもできるだろうが、どうも心もとない。これも料金のうちだ、面倒を見てやるか」

こう言って背を見せた。

影をもってビルを倒し、せつらの特殊鋼の糸をも分解したパワー流出のせいか、足元は微妙に震えている。

その首の周囲に凄まじい激痛が走ったのは、次の刹那であった。

白熱の線が肉を灼いて骨に迫る。

苦痛を逃れんものと振り回した指は、ばらばらと落ち、あまつさえ、手首まで切断された。

足先が路上を離れたとき、はじめて彼は頭上を振り仰ぎ、大空の高みから自分を見下ろす黒衣の青年を目撃した。

さらに頭上、灰色の雨雲に閉ざされた天空の彼方から、鳥らしきものの羽音が聞こえた。

数分前、頭上から飛来し、せつらの妖気に怯えて反転した魔鳥の足に、特殊鋼の糸が巻きつけられていたことを、木村は知らなかった。

いや、鳥すらも気づいたのは、倒壊するビルの埃にまぎれて、美しい新たな飼い主を天空へ運び去ったときであろう。

「鳥は雲の上だ。影は盗めん」

せつらの声は笑いを含んでいた。


痙攣する木村の身体は、すでに地上に二〇メートルにも達し、足先から滴る血潮は、雨を真紅に染めて路上へ降り注いだ。

その頭上から、彼の首を絡め取った死の糸の使い手が、

「じきに糸は骨を斬る。ゆっくりやるか、一撃ですませるか——早川さんはどこにいる？」


美奈子は、恋人の店が見える路上で車から降ろされた。

服は着ている。なのに、犯されていた。犯されている最中であった。熱いものが性器の中で特有の運動を繰り返し、歓びをえぐり出している。その真っ最中だ。

夫——保は車の中にいた。

影を抱いている。影の中に男根を突き入れ、実

体を責めている。

耐え切れず、美奈子は路上にしゃがみ込んだ。

急速に内側（なか）のものは消えた。

保が引き抜いたのである。

「さっさと行け！」

車の方から声が飛んだ。

「おかしなこと口にしやがったら、野郎の生命（いのち）はねえぞ。おめえは、奴の前で、恥ずかしい恰好をさらせばいいんだ。幸せにさえならなきゃあよ」

それで済む。

幸せにさえならなければ、あの男（ひと）も死なずに済む。

私があの男の前で悶え、自慰にふけって、お尻を突き出せば。

幸せにさえならなければ。

美奈子はもうあきらめていた。

店の方へ歩み去る妻の後ろ姿を見送りながら、早川はシートの上に落ちた美奈子の影を、後ろに向かせた。

尻から貫く。

肉襞の生ぬるい感覚は本物と変わらない。尻の部分を摑んだ。二次元――扁平な存在なのに、尻はぴたりと手に吸いついた。

美奈子が石壁にすがりつくのが見えた。

唇を舌で舐め、早川は腰を入れはじめた。

その瞬間――。

ふっと快感が消滅した。

男根の先がビニール・シートをこすり、早川は悲鳴を上げた。

妻の影は跡形もなかった。

「な、なんでえ――」

血相を変えて周囲を見回したとき、ぼん！ と車体が揺れた。

フロント・ガラスの方を向いた早川の眉がすぼまり、剝ぎ取られでもしたかのように吊り上がる。

ボンネットの上に、赤黒い塊が鎮座していた。

見覚えのある塊だった。

土気色の吐き気を催す死相に、裂け目のような黒い髪がまとわりっいていた。

死魚のような眼に見据えられ、早川は絶句した。

木村一平の生首であった。

ぽとん、とそのかたわらに細長いものが落下し、赤い滴を飛ばした。

肩から切断された手であった。

もう一本。

そして、両足、胴――。

狂気に蝕まれる双眸の中で、人体の雨は次々と降りつづいた。

狂気が早川の理性を蹂躙した。

車を走らすのも忘れて、外へ飛び出す。

美奈子の方へ走るその眼の前へ――。

黒い影が化鳥(けちょう)のように舞い降りて来た。

コートの裾を翻しつつ立ち上がったその美貌の主は、語るまでもない。

「お、おめえ――」

「私の影――世話になったな」

せつらは静かに言った。

ひい、と叫んで早川は身を翻した。

その身体が硬直したのは、全身を幾重にも走る凄惨な苦痛のためであった。

「下を見ろ」

と、せつらは言った。

「お前の影は私の手の中にある。あの魔道士が苦しまぎれに盗み方を教えてくれた。むろん、いびり方もな」

「や、や……やめ……」

「あっさりとは死ねんぞ……私は楽しくて仕方がない」

脳天を噴き上げる苦痛に、早川は立ったまま失神した。

せつらは美奈子の方を向いた。

恐ろしく冷たく、不思議とやさしい表情であった。

せつらはうなずいた。

美奈子は、店のドアをノックした。恋人は店の中に寝泊まりしているのだ。

どちらもそれほど豊かではない。ただ、二人して幸せになろうとしているのだった。

ドアが開いた。

「――!?　どうした、美奈ちゃん!?」

あたたかい声に、美奈子は首を振った。

「なんでもない。ちょっと顔が見たくなって来てみたの」

「お入りよ」

美奈子はうなずいた。

彼がドアを閉める前、美奈子は外を向いた。

「あそこの二人――友だちかい？」

少し考え、美奈子は首を振った。

「ううん。知らない人たち」

そっとドアが閉じ、激しい雨から美奈子を遮断した。

五カ月後、せつらのもとへ一通の手紙が届いた。

「幸せにやっています」

と、それには記されていた。

それにつづいてすぐに、

「お話ししたいことがあります。はじめてお会いした花園神社でお目にかかれたら幸いです」

日時の指定と署名があった。

夜、花園神社で。

幸せな女の用件だろうか。

せつらは指示に従った。

美奈子は来なかった。

夜明け近くまで待ち、せつらは立ち去った。

銀盆のような月だけが明かるい晩であった。

一通の手紙にこめられたものが、文面とは裏腹の心の動きだったのか、指定の場所へ来なかったのは、もう一度それに立ち向かうためだったのか。

女は幸せになれたのか。――。

歩み去る美しい横顔からは、それに関する意見の断片も窺うことはできなかった。

懐古館の客たち

〈早稲田通り〉を〈高田馬場駅〉から〈早稲田大学〉方面へ二〇分ほど歩くと、観光客なら必ず、え!?　と声を上げる一角に出る。

それなりに〈区外〉なみの建物の列が、急に歳を取るのである。

光さえ放つコンクリートのビルが、モルタルの建物たちに変わり、とうに失われたはずの柳の並木が風に揺れている。その下で夏の晩に佇む白い影を見たという人々の素朴な証言が上がるのも、〈魔界都市〉広しといえど、ここだけだ。

建物の数は左右四軒ずつ。看板は、雑貨屋、酒屋、古書店その他――全て商店だ。

例外は右の一軒のみ――煉瓦造りの映画館「高田馬場シアター」のみであった。それから歳月を経るうちに、生きのびた映画館の名は、こう変わった。〈懐古館〉と。

もともとロードショー劇場とは程遠い客席数五〇の場内で、かける映画も二番落ち三番落ちの代物だからであろうが、〈魔震〉後はそれも難しくなったものか、八〇年、九〇年前の超旧作が画面に躍りはじめた。ＶＩＤＥＯ、ＤＶＤの時代でも、大スクリーンで観る迫力は多くの客を引きつけ、観光客たちの入館もひっきりなしであった。

他の商店が近代的な建築に変わっていくのに、ここだけは懐かしい過去に戻るように感じるのは、少しも変わらない建築のせいであったろうか。

まず話題になったのは、上映作品に合わせるポスターであって、それが公開当初のものと瓜ふたつ――否、そのものだとの噂が、映画ファンの間で広がり、ポスターの盗難が相ついだこともある。

「懐古館」の名がついたのも、これらの理由によるものであった。

上映は特集形式となり、三本なら日に三交代、五本なら二交代。一週間で変わる。

秋せつらの下へ、〈懐古館〉での失踪者探しの依頼が来たのは、十一月の半ばであった。

柳沢洋治（やなぎさわようじ）——七五歳の老人が、〈懐古館〉に入ったまま、十日後の現在（いま）も戻らないと、息子夫婦が連絡を寄越したのである。

〈懐古館〉での異変は、せつらの耳にも届いていた。

何年か前にやくざ映画のシリーズを一挙上映後、観客のひとりが、敵方のモデルとなった某組へ殴り込みをかけ、自身を含む死者三名、重軽傷者八名を出した。犯人はあるやくざ組織の長老であった。九〇を越す身体は癌に蝕まれ、上映中に死亡してもおかしくなかったという。

また——

戦前のフランス映画を六本も流したときは、若い建築家が感涙し、〈市谷台町〉の自宅敷地内に、ミニチュアのパリを再現した挙句、〈魔震〉の余震でエッフェル塔が倒壊。絶望のあまり〈亀裂〉にとび込んでしまった。

さらに——

時代劇特集に連日押しかけて来た中年のサラリーマンが、見終えてすぐ、髷（まげ）を結い、着物に振り分け荷物と、長脇差（どす）ひとふり腰に差し、草鞋ばきの姿で〈新宿〉中をうろつき廻り、疲労で亡くなった。駆けつけた救急隊員に言い遺したひとことは、

「これが無宿人の末路よ、お八重」

であった。彼の妻の名は八重子である。

そして――

柳沢洋治が入ったとき、上映中だったのは「恋愛映画」であった。柳沢は初回――九時の回から入館し、ラスト――八時までの回が終了しても、出てこなかった。

当然、切符売りの娘と売店の館主が疑われたが、彼らは、そんな人は覚えていないとの一点張りで、〈新宿警察〉の心霊科学捜査をもってしても、柳沢の痕跡は発見できず、当日の観客から賞金付きで情報を募って、ようやく手掛かりを掴むことが出来た。

柳沢氏は焦茶のオーバーにソフト帽の服装(いでたち)で出向いたのだが、数席隣りにいた学生と、一列後(あと)に坐った隠し武器の営業マンが、その姿を記憶していたのである。学生は初回、営業マンは次の昼の回に入館し、特に営業マンは、いちばん見易い柳沢氏の真後ろに坐ったところ、ソフト帽が邪魔で、脱げよと文句(クレーム)をつけた。彼は黙ってひとつ右へ移り、営業部員の方は見もせず、スクリーンに目を凝らしていたという。

翌日、せつらは〈懐古館〉へ出向いた。朝イチの回である。

切符売りの娘は、たちまちとろけ、入ってすぐの売店の親父――館主もヘナヘナと椅子に腰を下ろした。

どう見ても普通だ。劇場内で起こった怪異にもあわてている風はない。密室からの失踪など、〈新宿〉では日常茶飯事なのだ。

売店で、サンドイッチとオレンジジュースの一〇〇〇CC入りペットボトルを買って席についた。

目撃者の話から割り出した柳沢氏の席の左隣りである。

映画は日本のホラー特集であった。彼以外に四人の先客しかいない。全員が学生だ、と妖糸が伝えて来た。顔形、肌の張り、持ち物、服装等から割り出した結果である。場末の名画屋は、学生と営業マンの休憩所と兼ねているが、さすがに朝からとび込んでくるリーマンはいないようである。

一本目はイギリス製の吸血鬼ものであった。ヨーロッパの山国の古城を、司書と偽った吸血鬼ハンターが訪れ、城主を滅亡させようとするが、返り討ちに遭い、故郷の家族が城主に狙われるのを、ハンターの友人たる学者が救うという物語だ。九〇分足らずにまとめられたシナリオはひどくい加減な代物だが、城主と学者の対決に的を絞ったアクション・タッチの演出と、主演二人のエネルギッシュな名演、さらに城主が陽光の下で崩壊するSFXが受けて、稀代の名作と言われている。

よくやるよ、とせつらは思っているかも知れない。〈新宿〉でホラー映画の特集をやらかすというのが、そもそも愚行なのである。学生たちは黙って愉しんでいるようだ。

一回目の上映が終わると、四人のうち三人が出て行き、ひとりだけ残った。休憩時間を利用してせつらは席でサンドイッチとジュースを胃に収めた。

客の入りが予想より増えてきたことに、せつらは、

「へえ」

と洩らした。入れ替え制ではないから、極端な話、休みなしに入ってくる。客席は半数以上が埋まっていた。

右側の席に、髪も髭も伸び放題の老人が坐った。すぐに話しかけて来た。

「すまんが、そのパン――ひとかけら恵んでくれんかね？」

〈区外〉でも〈新宿〉でも変わらない状況だ。疲労した身体を休めに、入れ替えのない安い映画館へ入れれば、朝から晩まで寝ていられる。何も入っていない腹は、たかれば何とかなる。

せつらは黙って、食べ残しのサンドイッチを渡した。知らんぷりがこの若者らしいのだが。

「ありがとさん」

老人は、にっこり笑ってせつらに手を合わせた。

ジュースを飲み干してから、口元を拭い、

「ふぃーっ。これが焼酎なら文句ねえんだが」

と言った。ペットボトルを下に置いて、

「ありがとさん。お陰で夜まで保つわ。しかし、ここはいいのお。暖かいし、追い立てられねえし、極楽極楽」

その手からサンドイッチが消えた。

列の間を通路の方へ走る小さな影の襟首を老人の手が捉えた。どちらも素早い動きだった。

「離して！」

老人が眼を細めて、

「女かよ」

と言った。

「ごめんね、お腹空いてるの」

「この、こそ泥が」

老人が拳をふり上げた。その顔面に勢い良く飛んで来た運動靴が激しくぶつかった。

列の端から少女より頭ひとつ小さな男の子が、

「お姉ちゃんを虐めるな」

「虐められたのは、こっちだ」

と老人はふがふがと言いながら返した。それから二人を見比べて、

「弟か？」

「はい」

「弟に、か？」

少女は眼を伏せた。

老人もそうして、

「持ってけ」

と少女を解放した。

「これもだ」

ペットボトルもつけた。

少女は蚊の鳴くような声で、ありがとうと言った。

「くそお。エエカッコしちまったぜ。お蔭でまた夜まで飢え死にだ」

ふと、姉弟が走り去った戸口の方を向いて

「しかしあいつら、飯も食えねえのに、どうやって入場料を払ったんだ？」

スクリーンを見て、

「あんな餓鬼が、こんな映画を観にくるのか？」

凄(すさ)まじい女の悲鳴が館内を震わせた。

学者が吸血鬼と化した娘の心臓に楔(くさび)を打ちこんだのだ。

夜の部に入る前に、せつらは劇場の〝探り(サーチ)〟を終えていた。

柳沢氏の形跡は何処にもなかった。劇場の構造も尋常なものだ。

失踪が本当だとすれば、彼は最も一般的な理由——異次元接触か、異界生命体による拉致——によって、この世から消滅したのである。となれば、待つしかない。

もうひとつの可能性は、彼の退出を、映画館側

が忘却していることだ。

切符売りの娘も、売店の館主も、記憶にないと証言しているが、当日、最終回の後に出ていった人数は二〇名を越えていたとも言う。そこにまぎれれば二人の記憶には止まるまい。途中で出ていったとも考えられるが、二人ともそれは有り得ないとはっきり証言している。劇場を出る道は、売店と切符売り場の前を通過せざるを得ないのだ。

二人の証言に嘘はないとせつらは判断している。その上で不関与の確証を掴まねばならない。

やがて、血と絶叫の映画祭は終わり、せつらは二人に話を聞きたいと申し出た。

二人の内容は、柳沢氏の家族のものと完全に一致した。

やはり、柳沢氏は音もなくこの劇場内から消失したらしかった。この一件は、〈新宿〉によくある失踪事件のひとつとして片づける他はないと思われた。解決は待つしかない。

礼を言って、外へ出たせつらを、切符売りの娘が追ってきた。

「あの――訊かれなかったので、言わなかったんですけど、いなくなってから帰って来たお客さんもいます」

「ほお」

と見つめられ、娘はあわてて顔をそらした。

「名前も何もわかりません。二ヶ月くらい前に消えて、次の日に戻って来ました」

「どうして戻って来たと？」

柳沢氏が消えたことを、彼女も館主も覚えていなかったのだ。

「休館日だったんです。私も掃除を手伝っていました。そうしたら――」

さあ、ランチだというときに、館内への扉が開いて顔を出したという。

六〇前後の、粗末な身なりの老人であった。勿論、その日は誰も入っていない。

彼女を見ると、軽く会釈をして、劇場を出て行ってしまった。その悲痛な表情を見ると、彼女も何も言えなかったという。

前日の客と気づいたのに、着ていたコートが、あまりにもひどい状態だったからだという。

「あちらこちら破れて綿が出てたんです。あんなにひどいの初めてで、顔も覚えてました」

せつらはスマホを取り出して、似顔絵モードに会わせ、顔を描いてくれと要求した。

娘は従った。出来上がった顔の意外な達者さに、せつらは、へえと洩らした。コンピュータにそれを修正させ、「ぶうぶうパラダイス」へ送信した。


十秒足らずで、情報が現われた。写真と住所氏名、その他が付いている。

それを確認しながら、せつらは娘に、ありがとうと言って別れた。

消失後一日で戻った老人の名は宮重豊吉（みやしげとよきち）。六七歳であった。写真にある〈若松町〉のアパートは、〈魔震〉以後に建て直された新品だが、荒んだ雰囲気に満ちていた。

翌日、訪ねた。宮重は部屋にいた。

折り畳みのテーブルとせんべい布団の寝床があるきりの六畳ひと間であった。ストーブもない。

宮重は布団に蹲り込んでいた。

死後数日経過――そう見えたが、せつらがドアを閉めると、目を見開いた。

「どーも」

の声でせつらを見、死人の頬は桜色に染まった。

「『懐古館』へ入ってから、丸一日消えていましたね。」

　せつらは名乗ってから、そう聞いた。

「何処にいたんです？」

　こんな状況だと、返事は沈黙か、長いこと待ってからの、わからんのひと言だ。

　だが、すぐに出た。瀕死（ひんし）で恍惚（こうこつ）の声が、

「映画の……」

「はいはい」

　せつらは微笑した。老人もまた。

　その口が動いた。告白する意志はあったのだ。

　だが、急に眼球は回転し、彼は動かなくなった。

　力尽きたのは確かだが、それが自然の摂理によるものか、魂まで蝕（むしば）む恍惚のせいかどうかはわからない。

「映画の、か」

　せつらはつぶやいて部屋を出たドアは開け放しにした。玄関の近くで、買物帰りらしい、コンビニ袋を下げた中年の女とすれ違った。

　通りへ出たとき、絶叫が聞こえた。


　もう一度、〈懐古館〉へ赴いた目的は、切符売り場の娘から、これももう一度、話を聞くためであった。

「もうひとり——帰ってきた人、いないかな？」

　あっさりと、

「います」

「はあ」

　三年ほど前、十歳くらいの男の子が入ったきり出て来ないと、騒ぎになった。

　外国漫画映画（カートゥーン）特集で小中学生が殆どを占めてい

た場内から消えたのが、なぜわかったかというと、

「近所の子だったからです」

その子は、一週間の上映が終わった当日に劇場へ戻ってきた。娘が質問をするまもなく、出て行ってしまい、数日後、気になって家を訪ねてみると、引っ越した後だった。

「何かあったのかな、と思うくらい、急な引っ越しでした。見当はつきますけど」

異界へ混れ込んだものは、必ず異界の匂いをかぐわせて戻る。それがこちらでどんな形を取るのかは、迎えた者のみが知る。

少年の帰還を喜ぶ暇もなく、家族は町を去った。何が追い立てたものか。

追うのは簡単な仕事だ。

礼を言って古い建物を出ると、娘が声をかけて来た。

ふり向くと、俯いたまま沈黙しているきりだ。

少し待って、せつらは立ち去った。

なお立ち尽くす娘の肩を誰かが優しく叩いた。館主であった。

「彼も異界の人か」

と館主はしみじみとした声で言った。

娘は答えない。

やがて、二人は美しい若者の消えていった道の彼方から眼を放して、古い劇場へ入っていった。


少年の居場所は簡単に見つかった。

〈区役所〉のコンピュータから入手した〈矢来町〉の住所へ、せつらは三〇分後に訪れた。

ひどく痩せた、神経が顔面に剥き出しになっているような母親が顔を出し、しかし、せつらを見

た途端、まったりとした表情に化けた。

「息子は――いません」

と言いかけて、

「病気で寝ています。あの」

「ほんのちょっと」

とせつらは母親を見つめた。

二分後には二階のドアの前にいた。ドアの四隅がガムテープで目張りしてあった。声を聞かせたくないのだ。

内部に気配があった。

母親がノックしようとする手を止めて、

「新助くん」

とせつらは呼びかけた。

「聞きたいことがあって来た。入るよ」

「あ、あの!?」

母親があわてた。声には恐怖がこもっていた。

息子に異常が生じたのは確かだった。漫画映画を観て。

「来いよ」

とドアが招いた。

「待ってたよ、おいで赤ズキンちゃん」

お伽噺の超有名キャラクターの名前だ。映画も数知れない。

ドアが開いたのをみて、母親が、えっ!? と呻いた。

むん、と生臭い空気がせつらを迎えた。食事は生肉のようだ。

左側の窓辺に学習机、右端にベッドが置かれ、少年はその間にいた。四つん這いである。

歯を剥いた口を、少年は左手の甲で拭った。両手首は縄で巻かれていた。少年はそれに歯をたてた。

「狼」

漫画映画を観て姿を消した。その挙句がこれか。

「あなた——秋さん——早く出て下さい。もういいでしょう」

ドアの向こうで母親が激しく動揺した声を上げた。

「あの映画館からいなくなった。そして戻ってきた。ね、何処で何をしていたのかな?」

せつらの問いの間に、少年は縄を食い切った。四つん這いで進みはじめている。足元で止まって、せつらを見上げた。獣に似た形相が急に軟らいだ。彼はせつらの足に鼻面を近づけ、ぐるると喉を鳴らした。人懐っこい動きで、足首のあたりに頬ずりをする。あくまでも人間なのに、完全な犬の態(てい)であった。

「何処へ行って、何を見たの?」

せつらの問いはひとつしかない。

「何にも。何も覚えていないんだ」

少年は床を蹴った。体当たりでドアを開け、その前に立つ母親を見据えた。表情は獣に戻っている。

「僕はこんな風になりたくなかった」

と彼は歯をがちがちと打ち合わせながら言った。眼には涙が光っている。

「僕は友だちと歌い、野原を駆け、楽しく食事できる主人公になりたかった。赤ズキンを襲う狼なんか絶対にイヤだったんだ。だけどこうしかならなかった。みんなおまえのせいだ。僕は憎んでいたんだ。ずうっとおまえを」

少年はじわじわと近づき、母親には下がっていった。短い廊下の端には階段があった。

「よしてよ、新助。母さんだって、精一杯頑張って来たのよ。おまえをちゃんと学校まで行かせてあげたじゃないの。そりゃ、少しは叱ったりしたけれど——何処でもやっていることよ」

母親は後ろ向きのまま、一段下りた。

新助がとびかかる。

悲鳴と唸り声が落ちて行き、首の折れる音がした。

せつらは階段の手前から下を見おろした。

少年は見上げていた。そのかたわらに、首を九〇度ひん曲げた母親が横たわっていた。少年の着ているパジャマは胸前がはだけ、無惨なものを見せていた。刃物の傷痕、火傷、青黒い痣痣痣。

不意に少年は立ち上がり、玄関のドアまで歩いていってそれを開けた。せつらをふりかえった眼には涙が溢れていた。それから、手を前に突き、狼のように猛々しく走り去った。

漫画映画の主人公になりたくて消えた少年は獣となって母を殺し、〈魔界都市〉の闇へと消えた。

それをどう感じているのか。不憫と思うのか、救済と見なすのか。階段を下りていく美しい人捜し屋の表情からは、何も読み取れなかった。

手掛かりはすべて絶えた。

ひとりは死に、ひとりは獣と化して。

どちらも映画に何かを託した。それは叶ったのだ。それだけだ。せつらの求める答えは得られなかった。

柳沢も同じ道を辿り、しかし、戻ってきていない。彼も映画に何かを求めたのか。

せつらは、その晩、〈歌舞伎町〉にある「映画バー／テアトル・オデオン」へ入った。以前、映画関係の依頼人と三、四回訪れただけの店主は、満面の笑顔でせつらを迎えた。

「君去し後（アフター・ユーヴ・ゴーン）」が流れるカウンターだけの店内は、せつらが入るといっぱいであった。壁には古今東西の映画のスチルが貼られ、オークションで手に入れたというスターのライブ・マスクやサイン入り契約書、ライターやブレスレット等の小物類が並んでいる。客たちがやって来るのは、店主の人柄にあるのは明らかだった。映画バーと銘打っているにもかかわらず、彼が映画の話をすることは滅多にない。

「どんな美男俳優も敵わないが、飲み屋向きじゃない客が来たな。他の客が見惚れて注文を忘れちまう。アルコール抜きの水割りかい？」

笑っている。温い笑顔だった。

「シャーリー・テンプル」

「心得てるねえ。上客だ」

戦前から戦後すぐに一世を風靡（ふうび）した大女優の名を冠したカクテルは、ノン・アルコールの代表であった。

「ほいよ」

ハイボール・グラスにはストローがついている。

それを吸いはじめると、客たちの視線がせつらに集中した。みな頬を染めて、心を奪われている。恋でも愛でもなく、その美しさに。

半分ほど飲むと、せつらは軽くため息をついて、

「映画になりたいかな」

と言った。

他の客たちは、正気でもわからなかっただろうが、店長は大きくうなずいた。

「好きな映画がある奴は、みなそうさ」

「登場人物になりたい？」

「そりゃそうだろう。ま、あんたくらいいい男なら、映画に憧れなんか持ちゃしないだろうがな」

「嫌がらせ」

「とんでもない」

店主は、血相を変えて手をふった。否定の底に怯えがあった。反対意見を口にする者に、そんな思いを抱かせるものが、美しい人捜し屋にはあった。

「みんな映画の登場人物（キャラクター）になりたがる」

と客のひとりが、壁のスチルの方を見て言った。

「おれだってそうさ。映画はフィクションだ、嘘っぱちだ。だからみんな観に行くんだ。おれは海賊になりたかった。黒ヒゲ、バラグーダ、フック船長、ジョン・シルバー——サーベル片手に七つの海を巡るんだ。金のありそうな船を見つけて襲いかかり、逆らう奴は皆殺し、宝も女も取り放題。これが男じゃなくてなんだってんだ。そうそう、ハン＝トロとかいうのもいたな」

誰かが訂正したが、せつらは古い女優をちゅうちゅう飲み続けていた。彼にとって、中年の親父のセンチメンタルなど、どうでもいいことなので、

「〈魔震〉以来、〈新宿〉の文化を研究してきた〈区外〉の調査機関によれば、〈新宿区民〉の現実許容レベルは人間の精神活動において九五パーセント。〈区外〉の人々の倍以上とされている。ところが、そのおっさんを見てもわかるとおり、センチメンタルな奴は、〈区民〉の方が遥かに多いんだ。おれの考えだが、あんまり現実が厳しい反動で、ロマンチックなものを過度に求めているんじゃないかってな」

「現実主義者ほど、ロマンチストなのよ」

客のひとり——OLらしい娘が言った。

「或いは、この街じゃ、ロマンチックなものも、〈区外〉より遥かに濃密だわ。そのせいかも知れない」

新しい声が言った。

「〈区民〉のメンタル面を、単純に〈区外〉と比較しても始まらない」

驚いたことに、カウンターの男女が一斉にうなずいた。声の主がいつからそこにいたのか誰も知らなかった。しかし、それは純白のケープの医師——ドクター・メフィストであった。

「映画館で人が消える。不思議ではあるまい。そして、戻って来る。理由は簡単だ。ロマンの血が足りず、映画に追い返されてしまったのだ。戻ってこない者たちこそ、映画に受け入れられた幸運の持ち主だ」

「ふむふむ」

とせつら。飲み了えたらしい。あまり気のないふむふむだ。メフィストの存在に気づいているのかいないのか、ちっとも分からない口調で、

「映画に気に入られると、どうなるんだ?」

とつぶやいた。客たちがうっとりと耳を澄ます。

「出演者になるのだろうな」

とメフィストが言った。相手がせつらだと気づいているのかどうか。

「どうやって? 出演者はとおにフィルムに焼きつけられているんだ。後からDVDを見ると、知り合いが主人公をやってるって?」

せつらがクレームをつけると、中年の女性客が、

「あら、家族なら喜ぶかも知れないわよ。パパが王様、ママが女王様、兄貴が剣士、妹が美しいお

姫さまなんて、素敵じゃない。映画だって許してくれるわよ」

　拍手が起こった。せつらが言った。

「でも――帰って来る」

「足りないものがあったのだ」

　とメフィストが迫った。

「それは？」

　全員が沈黙した。

　少しして、せつらは店を出た。メフィストに挨拶もしなかった。

　前の通りを少し歩くと、右の横丁から、悲鳴と打撃音が聞こえた。せつらが曲がったのは、聞き覚えのある声だったからだ。もうひとつに聞こえるはずのない声だ。

　月光の下で、数個の人影が入り乱れ、うちひとつが地面に倒れた。

　せつらは、はっきりと、昨日アパートで亡くなった老人の顔を見た。

「おかしなことをぬかすと、こうだ。わかったか」

　屈強な男が、鳩尾(みぞおち)を蹴り上げた。老人が呻き、もう一発と片足を上げて男は凍りついた。

　顔は動いた。こっちを見て、

「何だ、てめえは――」

　と凄んで沈黙に落ちた。全身を襲う地獄の痛みに白眼を剥く。

「あなたは――」

　とつぶやく眼の前で、老人は消え失せた。居るべき世界に戻ったのだ。

「あんたたちは、何処の者だ？」

　とせつらは訊いた。それで行き過ぎるつもりはなかった。老人は何かを告げにもどったのだ。

　せつらの周囲を四つの影が取り囲んだ。

「てめえこそ、誰だ？　あの爺いをどこへやった」

「ひとりで行った」

と答えて、せつらは片足を上げたままの男に、

「何処の者だ？」

とまた訊いた。とがめる者はない。全員が地獄の痛みに耐えているのだった。


男たちは、〈歌舞伎町〉にある「凶光会」の下っ端であった。行き着けの店で飲んでいると、先刻の老人が現れ、

「おまえたちの親分の叉木(またき)五郎はあの世から戻った化物だ」

と言い出した。その挙句がここでの暴力沙汰になったという。老人のことは誰も知らなかった。

せつらはその足で「凶光会」を訪れた。


事務所の前にタクシーを止めた途端に、フロント・ガラスに蜘蛛(くも)の糸みたいにヒビが入った。玄関の前でこちらに銃を向けている男が、右方に止めてあったリムジンに走って乗り込む。車はすぐに発車した。

せつらは隣りにいた兄貴分の糸を緩めた。

「『浄六会』の糞どもだ！」

出ようとしたが、首から下は金縛りである。

「内部(なか)で六人死んでるが、幸い親分は無事らしい」

とせつらが言った。口調からすると信じるに足りないが、この若者の秘術の不気味さ怖ろしさは、全員骨身に染みている。

「用が済むまで」

言いおいて、せつらはタクシーを降りた。叉木五郎との話が済むまでは縛られっ放しという意味だ。運転手も同じだ。さっきの連中がやり直し(カムバック)に

来たら巻き添えだが、せつらは気にしていない。素人（かたぎ）の運ちゃんといえど、いつさっきの敵にご注進と駆け込まないとは限らない。

　事務所内に硝煙と血臭が垂れ込めていた。

　妖糸は五人の死を伝えにきたが、中には暗殺者側の連中も入っているようだ。

　事務所内にいる二人ばかりが、せつらを見て呆然と――動かなくなった。手には拳銃が握られている。

　射ち合いはここで起こったらしく、床は血の海だが、せつらはその五センチ上を悠々と歩いて二階へと向かった。

　奥のドアを開けると、二人の組員らしいのが、テーブル向うの巨漢の方を向いたままで石と化している。巨漢も同じだ。

　すでに、スマホで顔と姿は調べてあったが、

「叉木さん？」

「ああ。あんた――あれか？　人捜し屋の――」

「秋です」

「おかしなところに来るもんだ。少し取り込み中でね。この二人は、あんたのせいか？」

と前の手下へ自由な顎をしゃくる。

「はあ」

「早いとこ、掃除しねえとまずいんでな。あんたの用はちゃんと聞く。自由にしてやってくれ」

「はあ」

「おめえら、すぐここを出ろ。こちらに指一本触れるんじゃねえぞ」

　凄味を効かせてから、

「どうだい？」

　途端に二人はその場にへたり込み、せつらを睨みつけたものの、すぐに出て行った顔は、赤い赤

い。

「まいったな。あれでどんな美人にも眼もくれねえ奴らだが、あんたの顔みたら、初心(うぶ)な餓鬼と同じだ。ま、そう言うおれも、惚れちまいそうだがよ」

「はは、どーも」

「で、用件は何だい？」

「〈懐古館〉に行って、消えてなくなったとか」

又木の厚めの唇がへの字にひん曲がった。

「うーむ、そうだ」

意外と単刀直入である。

「何処にいたか、覚えてます？」

「いや、何も——嘘じゃねえ。戻ってきてから、あれこれ考えてみたんだが、やはり何もかも霧ん中だ。それが知りてえんなら、役にゃあ立たねえぜ」

何日後に戻って来たかと訊くと、四日目だという。

「観ていた映画は何です？」

「おれが観に行ったんだぜ。やくざ映画特集に決まってるだろうが。ほれ、仁義がどうこういう奴よ」

「お好きな俳優は？」

「菅原の文(ぶん)ちゃんよ」

表情と声からして本当だ。

「文ちゃんになった気分は？」

「そのつもりで観に行ったんだぜ。観てるうちはいい気分だったよ」

「それで四日後に？」

「そうだな。ま、消えてた間は、気分も何もなかったぜ」

「うーむ」

とせつらが納得したのかしなかったのかわからぬ声を上げた途端、卓上電話が鳴った。

叉木が眉をひそめ、

「また厄介事か。秋さん、悪いが、これ以上しゃべることはねえ。他にも訊き手ェことがあるなら、また足を運んでくれや」

それから受話器を耳に当てて、

「またあんたか。悪いが、その条件じゃ、ウンとは言わねえな。いま客人だ。後で話し合おう」

乱暴に切った。

窓の外からパトカーのサイレンが忍び込んで来た。せつらは、

「また」

と言った。

「あいよ、あんたみてえな色男ならいつでも歓迎だ。世間話にでも来てくれや。いま隠し出口を教えるよ」

「結構」

せつらが部屋を出る前に、叉木がこう言った。

「おれが失踪したって話、誰から聞いた?」

「同じ目に遭ったおじいさんだ。看取った礼だろう」

屋上への階段へ向かった。

一分とかからずに、その姿は月光の空へ、魔鳥の如く飛翔して行った。


翌日、せつらは二週間前から依頼のあった〈区外〉からの逃亡殺人者の両腕を斬り落とした上で、依頼人に引き渡した。抵抗したからだと言うと、依頼人たちは、当然です、良くやってくれたと喜んだ。犯人は九人を殺害した上、被害者は全員、

六歳以下の児童だったのである。

別れ際、犯人は、

「畜生、もうひとりで、あの映画みてえになれたのに」

と歯を鳴らし、片足を切断された。手が滑りましたとせつらは弁解し、依頼人たちはそうでしょうともと納得した。

その足で、せつらは〈凶光会〉の事務所へ向かった。

事務所の前にパトカーもなく、立ち入り禁止（キープアウト）テープも張られていなかった。やくざ同士の射ち合いなど、一般市民が絡まなければ、勝手にやれが〈新宿〉のルールなのである。

せつらは足を止め、事務所からは見えない電柱の陰に隠れた。

玄関から、マフラーだらけの老婆が、勢いよく飛び出して来たのである。すぐに現れた組員が、二度と来るんじゃねえぞ、と脅すのを聞いても、叩き出されたのは明らかであった。

何とか立ち上がった老婆に、当の組員がぎくしゃくと駆け寄り、抱き起こして、手や膝の土をはたいた。

老婆は茫然と組員を見て目を剥いた。男は、口から泡を吹いて失神していたのである。

老婆が事務所から離れると、せつらは素早く走り寄って、大丈夫ですか、と声をかけた。

たちまち、とろけた老婆は、上がった声で、ええと答えてから、両手で身体を撫で、

「どうしたのかしら、誰かに力を貸してもらっているようですわ」

と言ってから、事務所の方を見た。ひっくり返ったチンピラの周りに何人かが集まって、しっ

かりしろと声をかけている。彼にも老婆にも、千分の一ミクロン——存在するはずのないチタン鋼のひとすじの仕業だと、わかるはずもない。

「長篠乗江さんですね」

老婆は、ぽかんと口を開けてから、

「お目にかかったことがありましたて？」

「いえ、全然」

「……？」

「叉木五郎に、彼が〈懐古館〉で失踪した事情を知りたいと、昨日、電話をかけていらっしゃいました」

老婆の口が、また開いた。今度は閉じるまで、前の倍かかった。

「どうして、あなた、それを？」

「糸さんがちょっと」

「はあ？」

せつらは老婆——長篠乗江をタクシーに乗せて、〈大京町〉の彼女の家まで送り届けた。「凶光会」の連中がやって来るとは考えもしなかった。さっきのチンピラの惨状を知れば、叉木が止めるはずだ。それでも来れば、始末してしまえばいい。

乗江の自宅は、住宅街の中でも、ダントツに広大な屋敷であった。一代でのし上がった成金のものではない。数百年の齢を重ねた気品と重厚が屋敷の主であった。ただし、数十年前までの話だ。

豪奢な家具調度で飾られた邸宅の内部には、日雇いのお手伝いらしい女性がひとりだけで、すべてが終末に向かって進む時間と同化しているのは明らかだった。

乗江にしても、あと半年と保つまい。

奥の壁に額入りの夫婦の写真がかけてある。

「〈懐古館〉でお知り合いが失踪したのですか？」

せつらはすぐに本題に入った。

「はい。十日ほど前に。私の夫でございます。私もこの年齢(とし)になりますと、急に今まで疎んじていた夫が大事に思えて参りまして、それなりに気を遣って来たのですが、その日、急に映画を観に行くと出かけたきり、帰って参りません。この街のことですから、決して珍しい事件ではないのですが、私があわてましたのは、そういう理由からでございます」

「――では、叉木氏が〝戻り人〟だと知って？」

「はい、そういう方なら、夫の身に起こったことも、少しは理解しているのではないかと、何度か連絡を取ったのですが、何も知らないの一点張りなのです。それで今日――」

「追い出されたと？」

「はい」

乗江がうなずいたとき、お手伝いがお茶を運んで来た。薔薇の香りが鼻をついた。

「インドから直接取り寄せたローズ・ティーでございます」

乗江は小さく、しかし、自負の塊りみたいな言い方をした。

叉木との関係は、それだけだった。

「あの組長が〝戻り人〟だと、どうやって知りました？」

「はい、組員のひとりが、さっきのお手伝いの弟さんだったらしくて。その〝戻り人〟の件で、事務所にそれは美しい殴り込みがあったと」

あれから組員たちも気づいたらしい。

「どうしてあんなに嫌がるのか、見当もつきませんでした」

と乗江は言った。

「最初にお電話したときから、声を荒げられて。主人とは実は懇意にしているのではないかと疑ってしまったのです。それであんなことに」

「この街で失踪した人間は、まずその行先を覚えていません」

　とせつらは返した。

「覚えていても、絶対にしゃべろうとしないのです。余程、口に出すのをためらうような世界なのだとみな判断しています」

「では――夫もそんな世界へ？」

「不明です」

　せつらを首を横にふった。

「帰還した後に、異世界に棲むものの手先になって事件を起こした人間もいれば、別人のように性格が変わり、誰にも優しくなった人もいます。それは失踪期間には無関係のようです。ご主人は、何の映画をご覧になりに？」

　乗江は眉を顰（しか）め、記憶を辿った。苦しそうな表情が顔を歪めさせ、晴れぬまま、

「恋愛映画です。後で確かめました。家を出るときは、映画へ行くと言われて、びっくりしました」

　乗江の夫は、莫大な財産を妻に遺したまま、映画館の闇の中に消えていったのか。

「あの人は、何故、恋愛映画なんか観に行ったんでしょう？　私がいたらなかったから、そんな映画の主人公になりたかったんでしょうか」

　それはせつらにも知りようのない真実であった。

退くべき時間だった。

「もうひとつ伺わせて下さい」

「はい」

「あのやくざ――叉木は何の映画を観に行ったかご存知ですか？」

老婆はまた首を横にふった。それに慣れてしまったかのように。本来、触れ合うこともない二人なのだ。

「ありがとうございました。お健やかに」

こう言い遺して、せつらは席を立った。

玄関を出て、門の方へ歩いていくと、背後から家政婦の婦人が追って来た。

「何もかも幻なんです」

と彼女は、この街の人間か妄想家しか口に出さない内容を口にした。

「みんな、あの方の作り話です。ご主人は五年も前に亡くなっています。あの方のきついご気性が原因で、お二人の間では喧嘩が絶えませんでした。あの方はおかしくなりました。ご主人はまだ生きている、いつものようにそばにいるんだという妄想に取り憑かれてしまった。映画館でいなくなったという妄想に取り憑かれまで、私は毎日二人分の食事を用意し、見えないご主人の誕生日にはお花を買うよう言いつけられました。バレエや観劇の時の席は常に二枚――そうやって、あの方は幸せな夫婦生活を送っていらしたのです」

「どうして、ご主人が映画を観に行ったと？」

「わかりません」

婦人はこちらも首を横にふった。

何もわからず、人は〈魔界都市〉の映画館で消えていくのだった。

その夜、〈大京町〉の大邸宅に、暗黒の天から数個の影に舞い下りた。黒い戦闘服に身を固めた男たちは、円盤製の磁気飛行体に乗って来たのだった。

監視装置には、彼らの姿のみ映らぬようなジャミングを施してあった。

五名揃って屋根から二階のベランダへと下りる。ガラス製の錠を外し、内部へ侵入しようとしたとき、それは起きた。

最初に踏みこんだ男は、三歩進んで立ち止まった。腰から下だけが。上半分はすでに床に落ちている。

歩いただけで斬られる。しかも、斬られたものにはわからない。〈新宿〉でも魔物以外の者がこれを可能にするとは思えなかった。ただひとりを除いて。

「やべえ――退くぞ」

リーダーらしい男が、素晴らしい判断を下したが、遅かった。

背中から下ろした磁気飛行ディスクに乗って空気に舞い上がった男たちは、ある一点で次々に見えない刃に全身を縦に割られ、斜めに切断されて、次々に地上へ落ちたのであった。


いつまでも来ない成功の連絡を、叉木五郎は〈山吹町〉の自宅で待っていた。二階の私室である。ネグリジェ一枚の愛人がそばにいた。

「婆あ相手に何してやがる」

ソファの上で歯ぎしりするのへ、

「落ち着きなさいよ。じきにかかってくるわ。でも、ここは〈新宿〉よ。何が起きるかわかんないけどね」

「うるせえ」

と手にしたスマホを投げつけ、女が素早く身を躱して、スマホは一直線に壁に激突――する寸前

で、空中に静止した。

空気に緊張が凝固した。それをあっさりひっくり返すような、のんびりした声が、

「年寄り苛めはよせ」

叉木は声の出所と思しいドアの方へ眼をやったが、影ひとつなかった。

最後に残った天井へ眼をやる寸前、ふわりと下りて来た。

「秋せつら——おめえ、まだあの婆あにくっついていたのか？　うちの連中は？」

「全員、撃墜」

叉木は立ち上がり、ひと呼吸おいて、ソファに戻った。

「やっぱ、おまえさんが手を出す事件には嘴を突っ込まねえのが利口だったたか」

せつらは、無言で大きくうなずいた。頭のあった空間を果物ナイフが貫き、向かいの壁に柄まで突き通った。

明らかに強化処置を受けている女は、今度はフォークを手に、せつらに笑いかけた。

「よせ！」

勿論、叫んだのは叉木だ。

超音速——マッハで飛んだフォークは、女の手元の小卓に乗った山盛りフルーツの林檎ごと、小卓を破壊した。

狙って投げたのに——女はその表情のまま動かなくなった。白眼を剥き出し、唇の端から涎が滴った。いっそバラバラにされた方が楽だったかも知れない。待つのは病みによる発狂だ。

「昼に長篠さんの家を出てから、インターネット・カフェへ」

とせつらは言った。

「どうして長篠さんを狙うのか――答えはすぐに見つかった。『やくざ映画』と『叉木五郎』と入れて。あとは、ポチ」

おびただしい書き込みがあるとは考えなかったが、ひとつ切りは予想外だった。

「それがピンポイント――叉木五郎は、やくざ映画に出演はしていた」

「そうだ」

叉木は苦々しい声で応じた。

「おたくが出ていたのは、おまけの一本だった」

看板にも広告にも名前が挙がっていない、正しくおまけのドキュメンタリー作品「〈新宿〉のワル」が、叉木の出演作であった。

「上映時間は一〇分――印象的な役だね」

「てめえ！」

叉木の満面が朱色にふくらむや、テーブルに置いたレーザーペンに手をのばす。ボールペンと爪ふたつの武器はスイッチON、一万度のビームで敵の心臓を貫くのだ。

「昔むかしのX年前、ポコチン丸出しで尋問される端役だって、わずか二秒の出演で、気がつく同業者は殆どいない」

「一人でもいちゃ困るんだよ。そんな噂が広まってみろ。おれも組もおしまいだ。だから、確かめに行ってみたんだ。今まで見たことがなかったんでな」

「そしたら、映画の中に入れた、と」

「ああ。映画ん中でおれを拷問にかけた奴を殺してやったんだ。それから、その数分にヽヽヽヽ火をつけた。そうして戻って来たんだ」

「後は放っておけば済んだ。なのに――」

「あんまり、あの婆さんがしつこいんでね。直す前のを見られたと思ったんだ。そうしたら、次から次へとおかしな妄想が湧いて来た。本当はこの女の亭主もあれを見てたんじゃねえか。亭主とグルでおれを強請(ゆす)ろうとしてるんじゃねえか、とな。それで始末することにしたってわけよ」

「どんな世界でした？」

「それは——言えねえんだ。そういう約束なんだよ」

誰との約束かと、せつらは聞かなかった。誰にも分からないことのひとつひとつやふたつはあった方がいい。

「長篠さんに二度と手は出さない」

「わかったよ」

レーザー・ペンを置いて、叉木はソファに戻った。

「畜生め」

真紅のビームがドアを貫いた。ドアだけを。

二週間が過ぎた。〈懐古館〉の看板と〈新宿〉のあちこちに貼られたポスターには、

「恋愛の季節が帰ってきました」

とあった。「恋愛映画特集」の番が来たのである。

せつらが前に立つと、切符売り場の娘は、

「何度、赤くなればいいのかしら」

と眼を伏せた。

無論、朝イチの回である。

客は多くない。だが、せつらはすぐ、一番奥の列のほぼ真ん中に腰を下ろした長篠乗江に気がついた。

食い入るように画面を凝視している表情は、夢中というより敬虔(けいけん)に近いものであった。祈るべき時に、祈ってはならぬ所で、こんな顔を作るしか

ないのだった。

上映が始まった。

古い画面の中で、古い俳優たちは夢のような会話を交わし、時折り、客席の笑いを誘うのであった。

だが、それに青春を費やした者たちがいる。主人公になりたいと願った者たちがいる。そして、映画の中に消えた人間がいるのだった。

三本の連続上映が終わり、せつらがコンビニで買った和風幕の内弁当とほうじ茶を食りはじめると、乗江が隣りにきて、

「お世話になりました」

と笑顔を見せた。

「いえ」

冷えた紅鮭の切り身を呑み込んでから、せつらは少し笑って見せた。

「困るわね。こんなお婆ちゃんでも、あなたを見ると青春の真っ只中にいる気分になってしまう」

と微笑して、

「でも、正式なブルボンの時代の宮廷料理がいちばんお似合いと思ったけれど、こんなお弁当もよく似合うわね。この世のものとは思えない美しい男性は料理を選ばないのかしらね」

「ははは」

と返したが、照れてるわけではなさそうだ。

「玉子焼」

と箸の反対側で挟んで勧めると、

「私はサンドイッチがありますから」

「おひとり？」

「はい」

夫は生きたまま映画の中に消えた。そう信じているのであろう。二人きりの夫婦なら、旅立つと

きも迎えるのも、残された者ひとりだけの仕事だった。

「私と夫のために来てくれたのではないわよね？」

「はあ」

「でも、嬉しいわ。同じ映画を同じ劇場で見られるなんて思ってなかった。とっても古いけど、とっても感じのいい劇場」

軽く頭を下げて、乗江は席へ戻った。品のよい香水（フレグランス）の香りがせつらの鼻をくすぐった。

待ち続けることが、また始まろうとしていた。

旧式のベルが鳴ったとき、せつらは宮廷料理ならぬ食事を終えていた。

また同じヒーローとヒロインが結ばれ、別れ、再び去っていく。

三本目が終わったとき、せつらは軽い欠伸（あくび）を洩らした。

夜の部に入った。学生が大半の昼よりは、リーマンや労働者の姿が増えている。若者と老人で半々——中間がいない。

最後の一本が終わった後、館内には乗江とせつらだけが残った。

二人は席を立たなかった。乗江夫人はわかる。だが、せつらの理由はわからない。

明るい場内で二人は白い画面に眼を注いでいた。終わっても、また始まるとでもいいたげに。

照明が消えた。

映画室から光が画面（スクリーン）に向かった。忘れ物をしたとでもいう風に。後で、館主からこの件で問い質された映写機は、自分が立ち去ってからの出来事だと答えている。

それは三本のどれでもなかった。映画の歴史に埋もれた、公開から一週間もたてば忘れられてしまう小品であった。

だが、乗江はこれを待っていたのだ。

そして、せつらも。

乗江の夫がこれを観ながら失踪したことに、せつらも気づいていた。柳沢氏もだ。家族に問い質すと、彼は五年前から、急に古い映画マニアにに化け、〈区外〉まで名画座巡りに出かけたという。古ければ何でも、というのではなかった。柳沢氏が追いかけたのは、ただ一本の恋愛映画であった。

そして、彼は消えた。あのときも上映終了後、これがかかったのか。

乗江夫人は、自分との嵐のような日々の中で、夫の密かな愉しみを知っていたのだろうか。

やがて、映画はラストにさしかかった。

木洩れ日の中で、ヒーローとヒロインは、ひっそりと抱(いだ)き合う。照れ臭くなりそうなお定(きま)りのハッピーエンドだ。

すすり泣く声が場内を流れた。

「あの人だわ」とせつらは聞こえた。

画面のヒーローは別人に変わっている。柳沢氏に。

男女は抱き合った。

カメラが回転し、ヒロインの顔を映し出した。乗江夫人の顔を。

二人は手をつなぎ、夜の道を歩み去った。END。

せつらは夫人の席を見た。柳沢氏が座っていたという席を。

男がいた。柳沢氏であった。

彼の消えた日が、夫人の言う夫の失踪日と同じなのはわかっていた。

映画の中の老人はENDマークとともに消え、いま〈懐古館〉の中にいる。

ぼんやりと白いスクリーンを見つめる老人へ、

「行きましょう」

とせつらは声をかけた。

筋の通った答えはいくらでも見つかる。この街なら。せつらは何も考えなかった。

「あの……私は……」

「お宅はわかっています。お伴いたします」

せつらはのんびりと言った。

老人が、うっとりとうなずく。長い旅をしてきたもののように。

二人は外へ出た。

玄関に、館主とチケット売り場の娘が立っていた。

軽く会釈をしてせつらは劇場を出た。

「またいらしてく下さい」

と館主が言った。

「お待ちしています」

と娘が言った。

満点の星である。

「星（スター）が二つ」

とせつらがつぶやいた。二つ消えたと言いたかったのかも知れない。

あとがき

今回〈魔界都市ブルース〉の第一巻を読了して、溜め息が出た。

現在の〈ブルース〉とこうも違っているとはね。

せつらの初登場の衣裳が青いタートルネックセーターとブルージーンズである。移動手段は今のように妖糸を使ったりせず、カワサキの７５０（ナナハン）ＣＣバイクを愛用する。これは記憶にある。切り捨てた時のことも覚えている。〈吸血鬼ハンター〝Ｄ〟〉シリーズのアダルト版にしようかと思い、それで衣裳も黒ずくめにした——という記憶もあるのだが、本当かどうか。

次に、せつらが良くしゃべる。現在のせつらは口が重いし、しゃべり方も全く違う。何処か、〝茫洋たる〟雰囲気に合わせて、幼児的でさえある。こちらのタートルせつらは、やくざ並みの脅し文句も使うし、平気で威圧もする。悪のヒーローといってもいい。ただし、ステロタイプに留まっているから、〝柄が悪い〟レベルである。更に「秋ＤＳＭ（ディスカバー・マン）」センターの料金が一日二万円プラス実費とは知らなかった。五万だの十万だの、現金価格が飛び交う。これはまだ現実とのつながりを重視しているせいだ。要するに、確たる設定が出来てなかったのである。

何より驚いたのは、あのシーンが多くて強烈なこと。エッチやエロスといえば聞こえがいいが、エロそのものである。

これに関しては面白い話がある。

巻頭の「人形つかい」のみ、徳間書店の「ＳＦアドベンチャー」に掲載された。つまり、〈魔界都市ブルース〉は徳間で単行本化されてもおかしくなかった――というより、なるはずだったのである。

ところが、横槍が入った。当時ＳＦアクションで絶大な人気を持っていたＨ氏から、クレームがついたのだ。

自分の影響を受けたと思しい新人の作品が、こんなひどいものになっている。という趣旨だったと思う。

彼からの直接的なクレームはなかったが、早速、編集長と担当のＳ氏がやって来て、

「ああいうものじゃなく、ソノラマで書いているようなものを」

と要求された。私も少しやり過ぎたかなと思っており、注意してくれとＳ氏に伝えておいたのだが、このバカはそのまま載せたのであった。忙しいのか面倒臭がったか、たかが新人と見くびったのだろう。

ここから当分、「～アドベンチャー」誌からはお呼びがかからなかった。後で事情通から、Ｈ氏が、自分が載っている間は、あいつは使うなと要求したからだという話を聞いた。わからんじゃなかったが、我が国におけるＳＦアクションと「～アドベンチャー」のレベルも良くわかった。しかし、先行の「魔界行」と「妖魔戦線」を読めば、これくらいのことは察しがついていたと思うがね。

他にも、せつらが「せんべい屋」の三代目だということも、自分を「捜し屋」と名乗っているのも、初めて知った。〈新宿〉や〈歌舞伎町〉など、地名についている〈〉マークも無しだ。

現在のように訂正するのは容易だが、初登場のせつらと〈魔界都市〉のイメージに驚いてもらうのもいいだろうと、おかしな表現以外は全てそのままにした。ご了承願います。

最後の「懐古館の客たち」は書き下ろしのボーナス短編である。「現在」と三〇年以上前の〈魔界都市〉との差をこれで読み比べるのも楽しいかも知れない。

二〇二二年一月

「トキワ荘の青春」（96）

を観ながら

菊地秀行

《好評既刊　菊地秀行・クトゥルー戦記シリーズ》

邪　神　艦　隊

太平洋の〈平和海域〉に突如、奇怪な船舶が出現、航行中の商船を砲撃した。彼らが見たものは、四ケ国の代表戦艦全ての特徴を備えた奇怪な有機体戦艦であった。地球の命運をかけてこれに挑むは、アメリカ戦艦ミズーリ、イギリス戦艦プリンス・オブ・ウェールズ、ドイツは不沈艦ビスマルク、そして、我が国は？　一方、帝都東京では、「ダゴン秘密教団」とその暗躍を食い止めんとする出口王仁三郎率いる「大本教」、帝都警察が三つ巴の死闘を演じていた。ついに訪れた決戦の日、連合艦隊と巨人爆撃機「富獄」は、世界の戦艦（くろがね）とともにルルイエへと向かう。本日、太平洋波高し！

ヨグ＝ソトース戦車隊

一発の命中弾で彼らは目を覚ました。何故俺たちはここにいる？

日本人戦車長、アメリカ人操縦手、ドイツ人砲手、イタリア人機銃士、中国人通信士、そして、世界最高の戦車。全ての記憶は失われていたが、目的だけはわかっていた。サハラ砂漠のど真ん中にある古神殿、そこへ古（いにしえ）の神の赤ん坊を届けるのだ。194×年、独伊枢軸軍と米英連合軍が火花を散らす北アフリカ戦線。赤ん坊の運命は次なる邪の神か。彼らは世界を敵に回す。だが、「たとえ化け物でも、すがってくる赤ん坊は殺させねえ」。彼らを待つのは砂漠の墳墓か、蜃気楼に浮かぶオアシスか？　熱砂の一粒一粒に生と死と殺気をはらんで――

魔空零戦隊

ルルイエが浮上して一年、世界はなお戦闘を続けていた。莫大な戦費を邪神対策に注ぎ込みながら、何故国同士の戦いを止めぬのか。恐るべきことに、世界に歩調を合わせるように、ルルイエの送り出す兵器もまた進歩を遂げていった。凄絶な訓練を経た飛行隊とクトゥルー戦隊とが矛を交える時が来たる。海魔ダゴンと深きものたちの跳梁。月をも絡めとる触手。遥か南海の大空を舞台に、奇怪なる生物兵器と超零戦隊が手に汗握る死闘を展開する！

復刻版
魔界都市ブルース
第1巻（妖花の章）

2022年3月1日　第1刷

著　者
菊地 秀行

発行人
酒井 武史

カバーイラストおよび挿絵　末弥 純
カバー・帯デザイン　山田 剛毅

発行所　株式会社　創土社
〒189-0012　東京都東村山市5-6-25-101
（編集・販売）電話 03-5737-0091　FAX 03-6313-5454
http://www.soudosha.jp

印刷　株式会社シナノ
ISBN978-4-7988-4006-2　C0093
定価はカバーに印刷してあります。

超訳
ラヴクラフトライト
Super Liberal Interpretation
Lovecraft Light